共和国的历程

兄弟同心

用鲜血凝成的中朝友谊

方士华 编写

蓝天出版社 吉林出版集团有限责任公司

图书在版编目（CIP）数据

兄弟同心：用鲜血凝成的中朝友谊／方士华编写.
一北京：蓝天出版社，2014．1（2023.3重印）
（共和国的历程）
ISBN 978-7-5094-1101-8

Ⅰ．①兄… Ⅱ．①方… Ⅲ．①革命故事－作品集－中国－当代 Ⅳ．
①I247．8

中国版本图书馆 CIP 数据核字（2013）第 305474 号

兄弟同心——用鲜血凝成的中朝友谊

编　　写：方士华
策　　划：金永吉　荆忠峰
责任编辑：祖　航　孔庆春
出版发行：蓝天出版社　吉林出版集团有限责任公司
地　　址：北京市复兴路 14 号
邮　　编：100843
电　　话：010—66983715
经　　销：全国新华书店
印　　刷：北京柏玉景印刷制品有限公司
开　　本：710mm×1000mm　1/16
字　　数：69 千
印　　张：8
版　　次：2014 年 4 月第 1 版
印　　次：2023 年 3 月第 3 次
定　　价：29.80 元

前　言

中华人民共和国自 1949 年 10 月 1 日成立以来，已走过了六十多年的风雨历程。历史是一面镜子，我们可以从多视角、多侧面对其进行解读。然而有一点是可以肯定的，那就是，半个多世纪以来，在中国共产党的领导下，中国的政治、经济、军事、外交、文化、教育、科技、社会、民生等领域，都发生了深刻的变化，中国人民站起来了，中华民族已屹立于世界民族之林。

这段时间放到整个历史长河中是短暂的，有如弹指一挥间，但它带给中国的却是极不平凡的。六十多年里神州大地经历了沧桑巨变。从开国大典到 60 年国庆盛典，从经济战线上的三大战役到经济总量居世界前列，从对农业、手工业、资本主义工商业的三大改造到社会主义市场经济体制的基本确立，从宜将剩勇追穷寇到建立了强大的国防军，从废除一切不平等条约到独立自主的和平外交政策，从"双百"方针到体制改革后的文化事业欣欣向荣，从扫除文盲到实施科教兴国战略建设新型国家，从翻身解放到实现小康社会，凡此种种，中国人民在每个领域无不留下发展的足迹，写就不朽的诗篇。

六十几年在历史的长河中犹如沧海一粟，但对身处其间的个人却是并非无足轻重的。其间究竟发生了些什么，怎样发生的，过程怎样，结果如何，非人人都清楚知道的。对此，亲身经历者或可鲜活如昨，但对后来者却可能只是一个概念，对某段历史的记忆影像或不存在或是模糊的。基于此，为了让年轻人，特别是青少年永远铭记共和国这段不朽的历史，我们推出了这套《共和国的历程》。

《共和国的历程》虽为故事形式，但与戏说无关，我们是想借助通俗、富于感染力的文字记录这段历史。这套丛书汇集了在共和国历史上具有深刻影响的重大历史事件。在丛书的谋篇布局上，我们尽量选取各个时代具有代表性的或深具普遍意义的若干事件加以叙述，使其能反映共和国发展的全景和脉络。为了使题目的设置不至于因大而空，我们着眼于每一重大历史事件的缘起、过程、结局、时间、地点、人物等，抓住点滴和些许小事，力求通透。

历史是复杂的，事态的发展因素也是多方面的。由于叙述者的视角、文化构成不同，对事件的认知或有不足，但这不会影响我们对整个历史事件的判断和思考，至于它能否清晰地表达出我们编辑这套书的本意，那只能交给读者去评判了。

这套丛书可谓是一部书写红色记忆的读物，它对于了解共和国的历史、中国共产党的英明领导和中国人民的伟大实践都是不可或缺的。同时，这套丛书又是一套普及性读物，既针对重点阅读人群，也适宜在全民中推广。相信它必将在我国开展的全民阅读活动中发挥大的作用，成为装备中小学图书馆、农家书屋、社区书屋、机关及企事业单位职工图书室、连队图书室等的重点选择对象。

编　者
2014 年 1 月

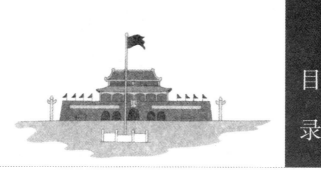

目 录

一、 患难与共

● 彭德怀微笑着说："你们的斗争不仅是为了
  你们自己，你们已经付出了重大的民族牺
  牲，我们理应支援。"

● 彭德怀说："我们希望人民军继续组织抵抗，
  尽可能迟滞敌人的前进，以争取时间。"

● 左勇昂然地回答说："我们用劣势装备照样
  可以打败优势装备的敌人。"

彭德怀与金日成会谈

1950 年 6 月 25 日，朝鲜战争爆发。朝鲜民主主义人民共和国称，李承晚在美国操纵下突然向"三八线"以北地区进行了全面的武装侵犯。

10 月 8 日，毛泽东以"中国人民革命军事委员会主席"的名义签署组成中国人民志愿军的命令。

该命令指出：

1. 为了援助朝鲜人民解放战争，反对美帝国主义及其走狗们的进攻，借以保卫朝鲜人民、中国人民及东方各国人民的利益，将东北边防军改为中国人民志愿军，迅即向朝鲜境内出动，协同朝鲜同志向侵略者作战并争取光荣的胜利。

2. 中国人民志愿军辖十三兵团及所属之三十八军、三十九军、四十军、四十二军及边防炮兵司令部与所属之炮兵一师、二师、八师。上述各部须立即准备完毕，待命出动。

3. 任命彭德怀同志为中国人民志愿军司令员兼政治委员。

……

彭德怀当时 52 岁，任西北军政委员会主席、西北军区司令员，他满脑子装的都是如何建设好祖国大西北的问题。出席中央政治局会议，他才知道讨论出兵抗美援朝问题。

在这次会议上，彭德怀坚定地支持出兵的意见，但是出任志愿军主帅，对他来说实感意外，没有任何精神准备。

这位敢于"横刀立马"的彭大将军，服从党的需要从来不讲条件。既然中央常委已定，彭德怀没有二话，坚决服从中央的决定，肩负起统率志愿军的重任。

彭德怀来不及交代工作和向亲人告别，就立即投入志愿军出征的紧张准备工作。从 10 月 8 日到 18 日，彭德怀多次往返于北京、沈阳、安东之间，为志愿军的出动而奔忙。

10 月 19 日晚，这位上任仅仅 12 天的志愿军司令员，率领中国人民志愿军部队，肩负着祖国人民的重托，秘密开赴朝鲜战场，开始了中国人民伟大的抗美援朝战争。

当时，除中央任命彭德怀为志愿军司令员外，志愿军的组织指挥机构尚未组成，彭德怀也还没有指挥助手。为便于指挥志愿军作战，中共中央决定，将第十三兵团团部改组为志愿军总部，任命邓华为志愿军副司令员兼副政治委员，洪学智、韩先楚为志愿军副司令员，解方为志愿军参谋长，杜平为政治部主任。

同时决定，以彭德怀为书记，邓华为副书记，组成志愿军党委，完善了志愿军的组织领导机构。朝鲜还派

患难与共

出朴一禹负责联络工作。

1950年10月21日9时，彭德怀在德川附近的大榆洞与朝鲜首相金日成进行首次会谈。

金日成在门口热烈迎候，一见面他就上前紧紧地握住彭德怀的手说："欢迎你，热烈欢迎彭德怀同志！我可久仰你的大名了！"

"你好，金日成同志，毛泽东同志让我代他向你问好！"彭德怀热情地回答。

随后，金日成首相将彭德怀引进室内。双方就座后，金日成首先对彭德怀的到来表示欢迎：

> 让我代表朝鲜党、朝鲜人民和朝鲜政府再一次向你彭德怀同志表示热烈欢迎。现在是我们最困难的时刻。在我没有接到倪大使、柴同志通知的时候，我就相信你们是会来的。现在你来了，非常欢迎！非常感谢！

彭德怀微笑着说：

> 首相同志，你辛苦了。你们的斗争不仅是为了你们自己，你们已经付出了重大的民族牺牲，我们理应支援。毛泽东主席、周恩来总理要我转达对你的问候和慰问。如果说感谢，应该感谢朝鲜人民和朝鲜人民军。

金日成连忙说："谢谢，谢谢！情况很紧急，是否先请你谈一谈中共中央的决定和有什么打算？"

彭德怀略作思考后说："我们的部队 10 月 19 日晚分别由安东、长甸河口、辑安等处开始渡江，向朝鲜战场开进。"

彭德怀接着指出：

> 这次出动是仓促的，部队改换新装备尚没有完成，临战前的训练有的部队还没有进行。
>
> 第一批入朝参战的部队 4 个军 12 个步兵师、3 个炮兵师，大约 26 万人。作为预备队随后还有 2 个军约 8 万人，近日也将入朝。
>
> 为了防止意外，中共中央已计划再抽调 20 多个师作为第二、第三批入朝参战的部队。总计可达 60 余万人。

金日成被彭德怀的话深深感动，金日成不知说什么，只好连声说："好！好！"

当时，美帝国主义操纵的"联合国军"步步紧逼，对朝鲜构成了严重的威胁。在紧急关头，中国志愿军的到来，就像是雪中送炭，充分体现出中朝两国人民深厚的兄弟之情。

患难与共

中朝联军同甘共苦

1950年10月21日上午，彭德怀在德川附近的大榆洞与朝鲜首相金日成进行首次会见。

在会见开始后不久，彭德怀便向金日成征询意见：

我们准备先在平壤、元山一线以北，德川、宁远一线以南的地区构筑防御线，构起两三道防御线，求得保持一块革命根据地，作为今后消灭敌人的基地。

半年之内，如敌人来攻，则在阵地前面予以分割歼灭；如平壤、元山同时来攻，则打孤立薄弱一部；如果敌人不来攻，我们也暂不去攻他，等我们换装、训练完毕，空中和地面都具有压倒优势的条件以后，再去攻击平壤和元山。我们这种想法，行不行，听听首相同志的意见。

听完彭德怀的话后，金日成说："非常感谢，感谢毛主席！中共中央的决定我完全赞成。"

彭德怀说：

现在的问题是，部队过江和开进都需要时间，修筑工事又需要时间，根据现在敌人疯狂冒进的情况，这一设想能否实现，令人担心。所以我们希望人民军继续组织抵抗，尽可能迟滞敌人的前进，以争取时间。

金日成说："敌人十分嚣张，不可一世。昨晚得到的消息，东部敌人 17 日已占咸兴，正企图继续北上，中路敌人 19 日已占阳德、成川，西路敌人 19 日已进到平壤南郊。"

当时，朝鲜人民军由南方撤回来的部队，西线已到达指定地点集结，进行整顿；东线多数电讯中断。金日成已经派人送命令给东线军团，让他们占领黄海道、江原道地区，开展游击战拖住对方，可是派去的人仍然没有消息。

接着，彭德怀望了望金日成问：

现在手上能作战的兵力有多少？

金日成说：

现在马上能作战的兵力不足 4 个师。一个工兵团、一个坦克团在长津附近，一个师在德川、宁远以北，一个师在肃川，还有一个坦克

师在博川，我们将尽一切努力抵抗。

彭德怀说："毛主席和我们党中央下这个决心的确是不容易的，中国大陆刚刚解放，困难很多。"

彭德怀顿了顿，接着说：

现在既然决定出兵了，第一要看能不能在公平合理地解决朝鲜问题上有所帮助，主要的最关键的是能不能歼灭美国军队；第二，不能不准备美国宣布同中国处于战争状态，至少要准备它轰炸东北和我国的工业城市，攻击我沿海地区，这方面已经有所准备。

现在咱们面临的问题是部队过江了，究竟能不能站得住脚。我看无非有三种可能：一是站住了脚，歼灭了敌人，争取朝鲜问题合理解决；二是站住了脚，歼灭不了敌人，僵持下去；三是站不住脚，被打了回去。我们力争第一种可能。

就在会见进行的时候，大群美军飞机飞过他们的头顶。彭德怀的电台车没有跟上，金日成身边也没有电台，他们对周围正在发生的重大变化都无法知道。

其实，"联合国军"的先头部队已经由德川经熙川窜到大榆洞东北方向的桧木洞，并绕到了他们的身后。只是，急于向边境推进的"联合国军"没有注意侧后的这个小村落，彭德怀与金日成才幸免于难。

会谈结束时已经到中午，金日成留彭德怀吃午餐。几个朝鲜女同志端来大米饭和一盆清炖鸡，还有几碟泡菜和几个罐头。

金日成搓着两手，有些抱歉地说："彭司令，战争时期，条件差，没什么好招待，大家将就用一点吧!"

"哎，这个东西好吃，"彭德怀用筷子夹起些泡菜放到嘴里嚼着，连声说，"清口，下饭……"

至此，中朝联军开始了同甘共苦的日子，他们将在朝鲜战场上谱写一个又一个催人泪下的故事。

患难与共

左勇的话广为流传

1950 年 10 月 19 日黄昏，中国人民志愿军十三兵团的 4 个军开始从安东、长甸河口、满浦横渡鸭绿江。

指战员们摘掉帽徽和胸章，身着土黄色的单衣和棉衣，左臂扎白毛巾，头顶树枝树叶，在寒风冷雨中迈开大步疾行。没有出征的礼炮，也没有欢送的锣鼓，几万人的大军隐蔽开进，只听见脚步声和着涛声激荡。

首先越过中朝边界的是第四十二军作为先期侦察部队的一二四师的三七〇团，他们比大部队提前 3 天渡江。

四十二军 5 万多人的队伍从满浦铁桥和临时搭建的浮桥过江，他们前进的目标是朝鲜的长津湖地区。在铁桥的中央，桥面上有一条白线，那是中朝两国的分界线，双脚跨过这条白线就踏上了异国他乡。

中国士兵们的眼睛都在注意着这条白线。在跨过白线的一刹那，他们的眼睛都有些湿润了。

紧跟四十二军过江的是三十八军，他们集结的目标是江界。现在，那里已经成了北朝鲜的临时首都了。

三十八军刚刚开进江边，就接到"军情紧急，立即过江"的命令。指战员们不顾疲劳，马上出发。三十九军的一一五师、一一六师从安东过江，一一七师从长甸河口过江，目标是龟城、泰川。

后来，三十九军军长吴信泉回忆说：

> 我坐在吉普车里，伸手就可以摸到鸭绿江大桥，大桥就像从两国土地上伸出的一双手臂，在江中相拥……
>
> 队伍非常肃静，每个人都在默默地走着，谁也没说什么话，但我听出有的战士在数着这座桥有多长，从中国到朝鲜只有1500多步的距离。走过大桥中心的两国分界线，我听到有战士在激动地问："连长，现在是几点几分？"

然而，走着走着，指战员们看见路边被美国飞机炸塌的民房，爆炸后的余火还在燃烧，婴儿趴在母亲尸体上哭叫。

"战士们都不吭声了，低着头急匆匆地走。"吴信泉回忆说，"这时，我听见有个指导员大声说：'什么叫抗美援朝、保家卫国？就是为这些受苦受难的人报仇，就是绝不让这些灾难在我们的国土上重演！'"

时任三十九军某师师长的彭仲韬后来回忆道：

> 过江后到了一个小集镇，一群孩子站在路边喊"德拉斯、德拉斯"，看来把我们当做苏联军队了。我们的战士就高声说："中国志愿军！"那些孩子又都拍着手叫起来："啊，中国！

患难与共

中国！"

第三十九军一个叫左勇的作战科长在路上碰到乘坐大卡车撤退的朝鲜人民军。他们之间的一段对话在当时广为流传：

"志愿军有没有飞机？"

"暂时还没有。"

"那你们有多少坦克？"

"暂时还没有。"

"飞机、坦克都没有，那不行！那不行！"

后来成为将军的左勇昂然地回答说：

> 我们用劣势装备照样可以打败优势装备的敌人。我们不是已经消灭了国民党 800 万美式装备的部队吗？

左勇的话使朝鲜人民军深受鼓舞。

后来的事实验证了左勇的话，志愿军战士与朝鲜人民军情同手足，齐心协力，用步枪和手榴弹将以世界第一强国为首的"联合国军"赶出了"三八线"，并使这支联军的总司令在"美国历史上第一个没有取得胜利的停战协议"上签了字。

携手并肩冲出封锁线

1951 年 6 月，随着第五次战役的结束，敌我双方进入防御相持状态。

只是在战役的后期阶段，从汉江北岸回撤过程中，六十军一八〇师由于各种原因，惨遭重创，全师 8000 多人，包括负伤、阵亡、失散及情况不明的，达 7600 多人。

那些失散而没有被俘的志愿军官兵，后来慢慢地聚集起来，在一八〇师政治部主任的带领下，在"三八线"以南冰天雪地的崇山峻岭间，开始了长达 300 天的敌后游击战。

这些失散的志愿军战士，利用美军和南朝鲜军怕打夜仗的心理，夜间主动偷袭一些美军和南朝鲜军的哨所或单个哨兵，得以补充弹药和一点食物。他们一面派人四处侦察，哪里有可以突围的地点，一面派人到赤根山里寻找朝鲜老乡，设法搞粮食。

为了解决吃饭问题，他们不得不四处寻找机会，下山截击对方的运输队，围歼一些小股美军和南朝鲜军，以伺机突围。这样一来，便引起美军和南朝鲜军的注意，他们知道这赤根山上还有志愿军部队，就开始对赤根山进行围剿扫荡。

患难与共

由于这些志愿军都是参加过抗日战争的老兵，对在敌后打游击战有一套办法，美军和南朝鲜军的几次围剿与扫荡，都躲了过去。

1951 年 10 月，朝鲜刚刚进入寒风刺骨的冬天，寒风呼呼地刮着。战士们选择了两个相距 10 公里左右的向阳山坡，挖了两个山洞。当他们把山洞挖好后，大雪就封山了。

然而，为了解决吃的问题，他们不得不下山去截击小股的美军和南朝鲜军运输队，以便生存下去。游击队不断的行动，使得美军和南朝鲜军十分不安。

1952 年 3 月，美军和南朝鲜军请来曾侵略过中国的日军做顾问，采用在中国使用过的"铁壁合围"战术，出动 3000 名美军和南朝鲜军，将赤根山口边的所有村庄都烧光，然后向山上扫射，轰炸了一阵，接着冲向山林间。

志愿军游击队在这次突围中，仅冲出了 20 多人。

1952 年 4 月中旬，天气逐渐转暖，志愿军游击队在山林间慢慢地向对方的前沿阵地摸去，天黑以后伺机冲过敌封锁线。

志愿军游击队就这样小心翼翼地走在丛林间。当太阳快要下山时，游击队突然发现在他们的身后不远处，有一小队人在跟着他们。

游击队立即钻进小道边的丛林中，潜伏下来。那一小队人见志愿军游击队突然钻进了山林，便一边走一边喊："你们是不是志愿军同志，我们是人民军敌后侦察队，请志愿军不要误会。"

志愿军游击队一声不吭地趴在山林间，没有回答。那队人一看志愿军不回话，知道他们不相信，于是站在小路中间解开外面的伪军衣服，露出里面的人民军制服。

原来，这是一支朝鲜人民军第三军团的敌后侦察队，完成任务后返回路过这里，偶然发现这一队带着武器、长发盖脸的士兵，于是便悄悄地跟了下来。

等到跟近时才发觉这是一些被美军和南朝鲜军围困在山上的志愿军同志，于是放心大胆地跟了上来。

这支人民军侦察队的队长叫朴正林，他和志愿军敌后游击队领头的一八〇师政治部主任，经过协商研究，决定一起冲出封锁线。

人民军侦察队有 15 个人，志愿军游击队有 18 个人。朴正林说：

> 我们地形熟悉，把部队分为 3 个小组，第一组由我们和志愿军中还能打得动的编成混成组。第二组由我们派几个领路的和志愿军中负伤有病的编为一组。第三组殿后。

由于人民军语言畅通、地形熟悉，志愿军游击队的官兵们也一致同意了朴正林的意见。

4 月 11 日深夜，中朝两队官兵开始向"联合国军"

患难与共

封锁线运动，在通过第一个"联合国军"前沿哨所时，没有被"联合国军"发现，于是他们很快越过了"联合国军"的第一道封锁线。但是在穿越"联合国军"的第二道封锁线时，被"联合国军"发现了。经过约半个多小时的激战，仗着人民军熟悉地形，他们终于冲出了"联合国军"的封锁线。

当时，由于战争条件十分艰苦，中央军委把志愿军能不能有饭吃，一直是作为能否取得战争胜利的重大战略问题来解决的，对志愿军的后勤保障极为关心。

早在1950年10月，东北边防军改为中国人民志愿军时，毛泽东签署的军委命令中，明确规定：

中国人民志愿军以东北行政区为总后方基地，所有一切后方工作供应事宜，统由东北军区司令员兼政治委员高岗同志调度指挥并负责保证之。

但是，由于缺乏现代条件下后勤保障的经验，对美国空军给我军后勤保障造成的重要困难估计不足。因此，尽管我军后勤保障早有准备和部署，但仍不适应前方部队作战的需要，尤其作战物资的运输补给极为困难。

在志愿军遇到困难的时候，朝鲜人民主动伸出援助之手，他们有的向志愿军送去粮食，有的送去衣服和被子。这些，都是中朝人民兄弟般情谊的具体体现。

二、 联合指挥

● 毛泽东笑着说："我们两党两国人民是相互支持，相互援助。"

● 毛泽东说："联合军队司令部，我看应该是有内有外，有合有分。"

● 毛泽东风趣地说："不要感谢，我们是战友嘛！如果要感谢，倒要谢谢杜鲁门哩，他让我们摸了美军的底，无非是个纸老虎！"

任命朴一禹为志愿军副司令员

1950 年 8 月 27 日，美国侵略朝鲜的空军飞机，先后以 5 批 13 架次侵入中国领空，扫射中国东北边境地区的辑安、安东等地的火车站、机场等。

9 月 28 日，美陆战第一师占领汉城。

29 日，美第八集团军进抵"三八线"，并且准备越过"三八线"继续北进。

鉴于美军仁川登陆后向"三八线"进攻的形势，9 月 27 日，中央军委代总参谋长聂荣臻，对印度驻华大使表明中国的态度：

> 一旦战争起来了，我们除了起而抵抗之外，是别无他途可循的。

9 月 30 日，周恩来在庆祝中华人民共和国建国一周年的报告中，严正警告美国当局：

> 中国人民是热爱和平的。很明显，中国人民在解放自己的全部国土以后，需要在和平而不受威胁的环境之下来恢复和发展自己的工业生产和文化教育工作。但是美国侵略者如果以

为这是中国人民软弱的表现，那就要犯与国民党反动派同样严重的错误了。中国人民热爱和平，但是为了保卫和平，从来也永不害怕反抗侵略战争，也不能听任帝国主义者对自己的邻人肆行侵略而置之不理。

10月2日，毛泽东致电斯大林，表明中国人民决定以志愿军的名义出动到朝鲜作战的决心，同时请求苏联政府对我们提供武器装备援助。

接着，中国人民志愿军响应中共中央和毛泽东"抗美援朝，保家卫国"的号召，跨过鸭绿江，与朝鲜人民军一起，同以美国为首的共十六国军队组成的"联合国军"作战。

中国人民志愿军赴朝，和朝鲜人民军联合作战，面临一个十分重要的现实问题，就是如何协同、统一指挥的问题。

1950年10月上旬，中国人民志愿军赴朝作战前，周恩来代表中共中央赴苏联就抗美援朝有关问题与斯大林等苏联领导人员会谈。

在此期间，周恩来收到毛泽东关于中共中央政治局再次开会讨论出兵朝鲜问题的电报后，根据毛泽东电报的内容，他向斯大林提出8个请求答复的问题。其中之一就是志愿军"进入朝鲜作战，当其与朝鲜人民军配合作战时，双方指挥关系上应如何解决"。斯大林当时没有

联合指挥

答复这个问题。

在中国人民志愿军入朝作战之后，中朝军队互不相识，作战当中又不协调，经常出现矛盾和误会，甚至有误把对方作为南朝鲜军的情况。

此外，中国军队的后勤运输只有靠汽车，因敌机轰炸，损失极大，而朝鲜的铁路又实行管制，中国方面无法利用。

10月21日，彭德怀与金日成在平安北道会谈。彭德怀提出：

> 为协调中朝两军作战，希望金日成首相率领人民军总司令部和志愿军总司令部驻在一起，以便随时协商处置重大问题。

金日成表示还有许多问题亟待他去解决，派内务相朴一禹作为朝鲜代表住在志愿军司令部，重大问题可通过朴协商解决。中国人民志愿军入朝后的作战行动，则请彭德怀指挥处置。

通过与金日成会谈，彭德怀了解到：美国军队于9月仁川登陆后，朝鲜人民军的两个军团10多个师被隔断在"三八线"以南，处于腹背受敌的不利态势。北方仅有3个师和2个团的兵力，分散在各地。他此时感到，美军和南朝鲜军来势汹汹，目前只有依靠他指挥的首批入朝的志愿军部队4个军20多万人了。

为了便于中朝两军的协调与相互通报情况，根据金日成关于派朴一禹作为朝鲜代表住在志愿军司令部，重大问题可以通过朴一禹协商解决的意见，10 月 25 日，中共中央在关于志愿军领导机构设置和主要干部配备问题的电报中，任命朴一禹为志愿军副司令员兼副政治委员，并为志愿军党委副书记。

　　中国人民志愿军进行的第二次战役，将"联合国军"和南朝鲜军驱逐至"三八线"以南，迫敌转入防御，基本扭转了朝鲜的战局。

　　在这次战役中，被隔断在"联合国军"后的人民军两个军团与志愿军会师，加上人民军在北方的部队，此时能参加第一线作战的人民军已有 3 个军团 14 个师，共 7.5 万人。

　　当时，中朝两军如何协同作战的问题日益突出，再加上苏联驻朝鲜军事顾问的干涉，更有必要解决两军统一指挥的问题。

联合指挥

彭德怀提出两军应统一领导

1950 年 10 月，朝鲜战场硝烟弥漫，中国志愿军与朝鲜人民军联合作战，击碎了对方一波又一波的攻击。

为使中朝军队能够协调一致，有效地配合作战，在第二次战役期间，彭德怀向毛泽东和金日成提出中朝军队应实行统一领导和统一指挥问题。

当时，彭德怀提议：

> 希望金日成首相和苏联驻朝鲜大使斯蒂科夫能常驻前方，并由金日成、斯蒂科夫和彭德怀组成党的 3 人小组，负责决定军事政策和与作战有关的许多现行政策。求得彼此意见一致，以利战争进行。

为了有效解决朝鲜境内作战的统一指挥等重要问题，11 月 13 日，毛泽东致电斯大林，征求斯大林对这个问题的意见。

这封电报转述了彭德怀关于朝鲜战况和中朝两军实行统一指挥的建议。电报强调，中朝两军现在迫切需要联合指挥。

电文指出：

现在的重要问题是朝中苏三国在朝鲜的领导同志们能很好地团结，对各项军事政治政策能取得一致的意见，朝鲜人民军和中国人民志愿军在作战上能有较好的配合，并能依照你的提议有相当数量的朝鲜军队和中国志愿军混合编制在一起，保存朝鲜军队的建制单位，倘能如此，胜利是有把握的。

　　由于朝方和苏联驻朝鲜军事顾问瓦西列夫，主张第二次战役志愿军应继续向清川江以南追击"联合国军"，不同意后撤几十公里，彭德怀在经过与朝、苏方争论后，即致电毛泽东，如实反映情况。

　　11月15日，金日成和苏联驻朝鲜大使斯蒂科夫，与彭德怀商谈第二次战役作战方针问题。

　　斯蒂科夫在会上主张中、朝两军应统一指挥，但会谈对金日成、斯蒂科夫、彭德怀组成3人小组和中、朝两军统一指挥问题未达成协议。

　　16日，斯大林复电毛泽东，表示完全赞成由中国同志来统一指挥朝鲜境内作战，并将同一电报发给金日成和斯蒂科夫。

联合指挥

达成联军统一指挥共识

1950 年 12 月初，金日成应邀赶赴北京。

12 月 3 日，金日成与毛泽东、周恩来就战争问题、政策问题、领导问题、统一指挥问题、军队问题、两党关系问题进行会谈。

在等待金日成到来的时候，毛泽东已与周恩来就朝鲜战局的发展交换了意见。中国人民志愿军在朝鲜劳动党和金日成首相的请求下，由彭德怀率军赴朝参战，短短一个多月，已经打了两个战役，把逼近鸭绿江边的侵略军打回了清川江以南，并正在乘胜前进，收复"三八线"以北的土地。捷报频传之际，毛泽东舒展了眉头，对战局的胜利发展充满信心。

谈话开始后，毛泽东对金日成说：

> 原先我一直担心两个问题，一是志愿军过江后能不能在朝鲜站住脚，经过第一次战役，这个问题解决了；二是靠现有的装备，能不能和装备现代化的美军交战，交战后能不能取得胜利。现在这个问题也解决了。事实证明，我们不仅可与美军交战，而且能战而胜之，看来原来的担心不必要了。

"我首先代表朝鲜劳动党和朝鲜人民向中国共产党和中国人民的无私援助表示感谢!"金日成说,"感谢你们派出了中国人民的最优秀的儿女,特别感谢你们派出功勋卓著的彭德怀将军,帮助我们打击美国侵略者。朝鲜人民将世世代代牢记中国人民的深情厚谊,是你们在我们最困难的时候,给予了最有力的援助!"

"我们一家人不要说两家话。"毛泽东笑着说,"我们两党两国人民是相互支持,相互援助。"

"目前,战争虽未结束,但胜利已不是空中楼阁。下一步将如何办,是需要我们好好研究的。"毛泽东说。

"我也正是为了这一目的而来的。"金日成说。

谈到志愿军在战场上取得的胜利时,毛泽东说:

> 这就是中国先进阶级的军队,当她明确自己肩负的使命后,必然是一往无前的!战士们是为祖国为人民而战。靠的是一股气,一股革命的正气。我看志愿军打败美军,靠的就是这股气,美军就不行,他们钢多气少,你看呢,金日成同志?

联合指挥

"对,志愿军武器装备差,还是打败了美军,靠的是革命精神和无畏的气概。"金日成说,"当然,还有毛泽东主席和彭德怀司令员的正确领导,这也是至为重要的。"

接着，话题转入实质性问题。

"关于中朝两国军队如何协调统一指挥的问题，彭德怀同志几次来电询问，"周恩来对金日成说，"我看这个问题应该尽快解决好。"

中方参会的一个司令员也赞同地说："是啊，一个战场应统一将令，这样有利于作战。上次我到朝鲜，彭总说，由于中朝军队指挥不统一，时常发生误会，甚至有时自己和自己打起来，结果却让被围的美军逃跑了。"

毛泽东说：

这个问题要立即解决，虽是误会，也等于是犯罪。应该建立中朝军队的统一指挥部。

"是的。"金日成点头说，"关于统一指挥问题，我的意见是，中国志愿军作战经验丰富，若组成中朝联合军司令部，应由中国同志为正，朝鲜同志为副。这个意见劳动党政治局讨论过，已经同意。"

"啊，那我们就当仁不让啦。"毛泽东说，"我们这方面准备推出彭德怀同志任联合军队的司令员兼政委，你们看如何？"

"很好。"金日成点点头说，"我们这方面，劳动党政治局决定让金雄同志担任副司令员，朴一禹同志为副政委。"

"那好嘛!" 毛泽东、周恩来连连点头。

双方很快就这个问题达成协议。

"以后, 联合军队司令部的命令由彭、金、朴3人签署, 统一战场指挥。" 周恩来稍微停了一下, 喝了一口茶又说, "不过, 后方的动员、训练、军政、警备等事宜仍需由朝鲜政府直接管辖, 联合军队司令部可以向后方提出要求和建议。"

中方的一位司令员建议说: "但是, 铁路运输和抢修与战争关系密切, 应该归联合军队司令部指挥。"

毛泽东说:

联合军队司令部, 我看应该是有内有外, 有合有分。联合军队司令部对外不公开为宜, 仅对内行文用之; 另外, 联合军队司令部仍分两个机构: 一个是中国人民志愿军司令部, 一个是朝鲜人民军参谋部, 合驻一处办公, 便于协作、研究解决问题。

对于这些, 金日成都表示同意。

接着, 双方领导人又就杜鲁门和艾德礼在华盛顿会谈进行讨论。

周恩来说:

杜鲁门宣布要在朝鲜战场使用核武器, 这

联合指挥

在国内外引起一片慌乱。英国工党左翼百人签名请愿，要求艾德礼首相反对美国使用原子弹。敌人的日子并非好过啊！

"是啊，英国有个香港利益问题，"毛泽东说，"而绝不是对我们共产党人有什么好感。我看，美国是不会轻易放弃朝鲜的。不过，现在战场的主动权已经掌握在我们手里。"

关于部队的供给问题，双方又进行认真的讨论。周恩来说，准备在东北召开一个铁路运输会议，总结一下经验教训，一定要保障铁路畅通，建立一条炸不毁、打不烂的钢铁运输线。

毛泽东说："只要运输问题解决好了，我们要人有人，要粮有粮，他杜鲁门愿意打多久，我们就奉陪多久！"

金日成感激地说："毛泽东主席，中国方面对我们的帮助是巨大的，朝鲜人民是永远不会忘记的。"

毛泽东把手一摆，风趣地说：

不要感谢，我们是战友嘛！如果要感谢，倒要谢谢杜鲁门哩，他让我们摸了美军的底，无非是个纸老虎！

毛泽东这番话，使在座的人都哈哈大笑起来。

这次会谈的成果是丰富的，关于中朝联合军队司令部的领导人，以彭德怀为中国方面推出的司令员兼政治委员，金日成说朝鲜推时任朝鲜人民军前线司令部司令官金雄为副司令员，朴一禹为副政治委员，当即确定以后联合命令由彭、金、朴3人署名，对志愿军单独命令仍照以前署名不变。

朝鲜让金雄出任这个职务是有原因的，他是老党员，精通汉语，与志愿军容易沟通。不过他并不是负责联络而是负责作战的。人民军在当时有4个前线军团，这是南下作战人民军部队仅存的，非常珍贵，是不能轻易断送的，必须得挑个合适的人来率领。金雄和"联合国军"真正交过手，而且曾经战果辉煌，所以，朝鲜方面决定由他出任副司令员这一职务。

待金日成回国与彭德怀商定后，联合军队司令部即可成立。会谈后的第二天，中共中央即电告彭德怀：

> 现金已回，请彭考虑在目前可否再约金至前方开会，并成立联合司令部，望告。

这样，中朝两军联合司令部成立在望。

联合指挥

中朝两军联合司令部成立

1950 年 12 月，根据中共中央的指示，彭德怀约请金日成到志愿军司令部会商中朝联合司令部组成问题。

12 月 6 日，金日成电报通知彭德怀，当晚起程，7 日拂晓前到大榆洞志愿军司令部，会谈组成中朝联合司令部和领导干部配备问题。

当天，彭德怀将此情况电告毛泽东。

12 月 7 日，彭德怀同金日成在大榆洞就中、朝军队组成联合司令部具体问题进行会谈，根据毛泽东、金日成在北京会谈达成的原则，双方商定：

中朝联合司令部下辖中国人民志愿军司令部及朝鲜人民军司令部，但中朝联合司令部不对外公布。凡属作战范围及前线一切联合行动，均以中朝联军司令部的名义下达之。并决定在数日内组成中朝联合司令部。

会谈后，彭德怀立即电告毛泽东：

本日与金日成会谈甚洽，金日成同意组成联合军队司令部。已商定人民军第三军团配合志愿军第九兵团作战，由宋时轮指挥。

11 日，彭德怀再次致电毛泽东：

　　为便于今后指挥，志愿军司令部需南移至介川或德川以南。

　　当晚 22 时，毛泽东致电彭德怀并转金日成，建议金日成及联合司令部移至德川以南适当地点为宜，但必须注意隐蔽，不可大意。在江界和定州地区的人民军两个军团，请金日成速令其接受彭德怀、金雄的指挥，并随志愿军向平壤以南出动作战。

　　12 月上旬，中国人民志愿军和朝鲜人民军联合司令部正式组成，彭德怀任司令员兼政治委员，金雄为副司令员，朴一禹为副政治委员。

　　1953 年 2 月，朝鲜政府又任命崔庸健为副司令员。金雄副司令员作为朝鲜人民军前线司令官在前线指挥作战。朴一禹副政治委员住在中朝联合司令部，协调朝鲜人民军与中国人民志愿军联合作战。

　　中朝联合司令部成立后，朝鲜人民军最高司令部即派来一个军事联络组，负责联络、协调人民军和志愿军协同作战有关问题。该联络组直接归朴一禹副政治委员领导。

　　关于中朝两军联合指挥部的权力职责，周恩来为中

联合指挥

共中央起草的《中朝双方关于成立中朝联合指挥部的协议》明确指出：

> 为更有效地打击共同敌人，中朝两方同意立即成立联合指挥部，统一指挥朝鲜境内一切作战及其有关事宜。
>
> ……
>
> 朝鲜人民军及一切游击队和中国人民志愿军受联合指挥部统一指挥。

"协议"还指出：

> 联合指挥部有权指挥一切与作战有关之交通运输，即公路、铁路、港口、机场、有线和无线的电话和电报等，粮秣筹措，人力物力动员等事宜。
>
> ……
>
> 凡属朝鲜后方的动员支前、补充训练及地方行政的恢复等工作，联合指挥部要根据实际情况和战争需要向朝鲜政府提出报告和建议。
>
> ……
>
> 凡关作战的新闻报道，统一由联合军队指挥部指定机关负责编审，然后交朝鲜新闻机关以朝鲜人民军总司令部名义统一发布之。

中朝联合司令部给朝鲜人民军和中国人民志愿军下达的一切命令，分别经朝鲜人民军总司令部和中国人民志愿军司令部下达。

中朝联合司令部对外不公开。12月8日，中共中央复电彭德怀指出：

> 只能在实际上组织起来。它对外既不公开，对内下达亦只限于军部及独立师部，但有关作战各事需统一指挥。

为此，《中朝双方关于成立中朝联合指挥部的协议》进一步明确：

> 为保持机密起见，彭德怀、金雄、朴一禹3人署名的命令，只限于发给朝鲜人民军总司令部和中国人民志愿军司令部，下达则只转述联合指挥部命令而不提及3人姓名。

联合指挥司令部成立时，中国人民志愿军司令部下辖第三十八、第三十九、第四十、第四十二、第五十、第六十六军和第九兵团的第二十军、第二十六军、第二十七军共9个军，以志愿军炮兵司令部所属的3个炮兵师，工程兵指挥所所属的4个工程兵团，还有1个铁道

联合指挥

兵师和 4 个后勤分部，共 30 多万人。

志愿军入朝参战兵力最多的时候为 19 个军，连同空军、炮兵、装甲兵、工程兵、铁道兵等部队，共 135 万人。

朝鲜人民军总司令部下辖第一、第二、第三、第五等 4 个军团，有 3 个军团参加第一线作战，1 个军团担任平壤防卫任务，另外还有游击部队。

中朝两军联合司令部成立后，中国人民志愿军和朝鲜人民军便开始在其统一指挥下，与"联合国军"和南朝鲜军作战。联合军队司令部先后指挥了第三、第四、第五次战役。

中朝空军联合指挥作战

1951 年 3 月，为了更好地指挥中朝空军部队协同作战，经中朝双方协商，成立中朝空军联合司令部。该司令部隶属于中朝联合司令部。

中朝空军联合司令部的成立，经过了一个漫长而艰辛的过程。

早在 1950 年 12 月，中国和朝鲜两国空军领导人会谈时一致认为，需要迅速组成中朝空军联合指挥机构。

1951 年 1 月 7 日，中华人民共和国政务院总理周恩来致电朝鲜政府，"提议按照联合军队司令部的组织原则，成立中朝空军联合集团军司令部"。

经中朝两国政府商定，3 月 15 日，中朝空军联合司令部在辽东省安东成立，刘震任司令员，常乾坤任副司令员，朝鲜人民军航空局局长王琏任副司令员。

刘震于 1915 年 3 月 3 日出生在湖北省孝昌县的小悟乡刘家嘴一农民家庭。他在贫寒的家庭环境里，度过了童年和少年时代。

1930 年三四月间，孝感东北部的革命运动迅猛发展，刘震在这个时候参加了赤卫军。在斗争中，刘震逐渐认识到共产党领导的红军是真正为穷人打天下的队伍。他于 1931 年 9 月加入红军，被分配到陂孝县红军游击大队

联合指挥

当战士。

1932 年春，刘震被调到鄂东北道委特务四大队一分队一班当战士。同年 8 月，他在河南光山柳林河光荣地加入中国共产党。1933 年 6 月，中共鄂东北道委特务四大队改编为红二十五军手枪团，刘震在一分队一班当战士。1934 年 5 月，他担任二二四团一营一连指导员。

抗日战争爆发后，七十五师被改编为国民革命军第八路军第一一五师第三四四旅六八八团，刘震任政治委员。1937 年 12 月，他率部随三四四旅开赴冀西平、井获三角地区，伺机打击正太、平汉路之日军。

1938 年六七月间，为了配合国民党军队粉碎日军对中条山的进攻，奉命率领六八八团三营 600 多人开进中条山。除配合国民党军队的作战行动外，刘震还支持发展当地群众性的游击斗争，并积极扩充部队，仅半年时间，就发展到近千人。同年 11 月，第三四四旅组建独立团，刘震任团长，奉命到冀鲁豫边区开展斗争。

1939 年 2 月，边区部队统一组成冀鲁豫支队，独立团改为该支队第一大队，刘震任大队长。在支队和中共鲁西南地委的领导下，他指挥第一大队为保卫鲁西南根据地作出了积极的贡献。

中央任命刘震为中朝空军联合司令部司令员是对他的信任。

中朝空军联合司令部机关设司令部、政治部、后勤部、工程部，6 月 29 日，增设干部管理部。

7月，由华东军区空军机关抽调人员，在辽东省东丰组建中朝空军联合轰炸机指挥所，聂凤智任司令员。由华北、中南军区空军机关抽调人员，在辽西省开原组建中朝空军联合冲击机指挥所，徐德操任司令员，吴富善任政治委员。

两个指挥所归中朝空军联合司令部统一指挥。9月，东北军区空军政治委员周赤萍兼任中朝联合空军政治委员。12月，因作战任务变化，撤销轰炸机指挥所和冲击机指挥所。

1952年1月16日，中朝空军联合司令部与东北军区空军机关合并。在安东组织领导志愿军空军部队的机关，对内称东北军区空军机关第一梯队，对外仍称中朝空军联合司令部。

1952年9月，为了锻炼组织指挥能力，取得指挥作战经验，华东军区空军指挥机构接替中朝空军联合司令部的作战指挥任务。

11月，华东军区空军司令员聂凤智任中朝联合空军代司令员。

1953年1月20日，空军第二军军部、空军第三师等8个航空兵师和浪头场站等单位，划归中朝空军联合司令部建制。

4月，聂凤智任中朝联合空军司令员。成立安东防空区司令部，归中朝空军联合司令部建制。成钧兼任空联司副司令员和安东防空区司令员。

7月27日，朝鲜停战协定签字，朝鲜战争结束。12月，东北军区空军司令部接替中朝空军联合司令部的任务。华东军区空军指挥机构撤回南京。

中朝空军联合司令部在抗美援朝战争中，领导和指挥志愿军空军部队英勇作战，给美国为首的"联合国军"空军以沉重打击，完成掩护交通运输、保卫重要目标和配合地面部队作战等任务，为抗美援朝战争胜利作出重要贡献。

当时，接梨树是中朝空军联合司令部所在地，也是苏联空军首长、顾问和直属机关、机要电台等所驻扎的重要基地。这一重地是经安东市政府和上级有关部门周密研究后，设在接梨树原铜矿洞内外的，这样既能抵御对方的进攻，也能保证安全。

在洞外，志愿军给苏军首长盖起了两栋小楼，在四周建起了食堂、俱乐部和办公室。同时，又建起两栋小平房，作为志愿军招待苏军的招待所，隶属安东空军基地场站苏军招待处管辖。

招待所内有一个"执行排"和10多个摆台的人。他们是从大连调来的，大部分都会简单的俄语对话。所长叫孟宪斌，是本溪南芬人。

在这里，指挥部多次向朝鲜前线发出作战命令。中、苏、朝飞行员凭借这里的指挥，打掉多架美国飞机。当然，志愿军也亲眼看到苏军牺牲的飞行员从这里装进火匣盒式的棺材里。

当时，苏军首长胸前悬挂着飞行员的遗像，在哀乐的伴奏下，几十个人眼含热泪，将棺材装上汽车拉到机场送回老家苏联。面对这样的场面，招待所的战士和苏军战士一起泪流满面。

接梨树这一红色阵地的山洞内维修得非常好。有办公室，有电台，有储备食品及弹药的库房。洞内地面是地板，装有取暖炉，巷道有暖气片，为防止杂音，房间全用紫红色大绒布包上了墙皮。

招待员进入洞内清扫卫生时，鞋全脱下来放在洞外。每当发出空袭警报信号后，在洞口附近的人员立即钻入防空洞。

有一次，21 时多，突然警报拉起长声。苏联空军首长、顾问和顾问的夫人，还有一个 10 多岁的男孩急忙躲入洞内，一位从河南临时来的招待员家属吓得直哭。苏军顾问的夫人立即上前劝慰，告诉他不要怕，还从衣兜内掏出糖块递给他。大约 10 分钟后，警报声终于解除了。

这个招待所的志愿军战士和苏军关系很融洽，志愿军战士几乎每天都和他们一起看电影。看苏联的电影虽然语言不懂，但故事情节也大体看得明白，大家都很感兴趣。

1952 年深秋的一天，上级突然来了指示：下午有高级首长来，一定要做好安全保卫工作，也要搞好这顿会餐。于是，大家开始忙活起来。

联合指挥

14 时，从大门外开来 7 辆轿车、吉普车。一个满脸刚毅、身着黄呢子军上衣，显得格外身强力壮的人从车上跳下来。大家一眼便认出，他就是彭德怀。

战士们一齐向彭德怀行军礼。接着，又从车上下来三四个人，他们纷纷向战士们点头致意。这几个人中有时任朝鲜副首相南日、安东市长段永桀、十三兵团领导洪学智等。他们是来向苏军慰问、致谢、通报战时情况的。

在中朝空军联合司令部的日子使很多战士终生难忘。有一位战士后来回忆说：

从那以后，我的工作几经变化，1985 年从五龙金矿离休了。转眼 50 多年过去了，可我始终无法忘记接梨树这块抗美援朝的红色阵地。它凝聚着中、苏、朝人民用鲜血凝结成的友谊。它激励着年轻一代继承先烈为保卫国家、为创造美满生活而奋斗不息的精神。

这位战士的话，道出了所有空军联合司令部军人的心声。

设立联合铁道司令部

1951 年 5 月，为了适应战争的需要，中朝双方共同认为朝鲜铁路必须置于统一的军事管制之下。

经过协商，决定在中朝联合司令部领导下设立中朝联合铁路军事运输司令部，统一计划和指挥战时朝鲜铁路运输、修复与保护等事宜。

该司令部以中国同志任司令，朝中各出一人任副司令，下属各级组织均由中、朝两国同志分任正副职。中国铁道兵团及朝鲜铁道修复机构均归军事运输司令部统一管辖。

同年 5 月，中、朝两国政府签署《关于朝鲜铁路战时军事管制的协议》。8 月，中朝联合铁道司令部正式成立。贺晋年任司令员，南学龙和另一人为朝方副司令员。

中朝联合铁道司令部的成立，是中朝双方经过长期谈判的结果，体现了中朝两国的利益和友谊。

志愿军入朝后，随着 3 次战役的胜利和战线的向南推移，中朝军队的后方补给线越拉越长。当时，保障军队后勤供应问题的重要性就突出地显露出来。

铁路、公路战线上的广大官兵，为保证道路畅通，多运物资，群策群力，千方百计克服困难，采取许多创造性的措施，提高抢修和运输效率。

联合指挥

在铁路战线上，以李寿轩为副司令员和崔田民为副政治委员指挥的志愿军铁道兵团，昼夜奋战，在反"绞杀战"期间，根据"联合国军"飞机轰炸特点，采取以集中对集中、以机动对机动的抢修方针，保证抢修。

当"联合国军"集中力量轰炸平壤以北三角铁路时，志愿军铁道兵则集中一半以上的抢修力量，保证这一地区的抢修。当"联合国军"飞机在这一地区遭到志愿军空军和高炮部队的严厉打击后，采取不定区的机动轰炸时，志愿军铁道兵团在保证三角地区抢修的同时，集中一定兵力，作为机动，以便其他地区随炸随修。

在重要车站，均修筑迂回线，在重要桥梁地区均修筑了简便桥。为提高抢修速度，多抢通车时间，夜间抢修时，采取枕木排架法代替大弹坑的填土。为迷惑敌机、尽量减少桥梁被炸，则采取了架设活动桥梁的办法，黎明前拆除几孔桥梁，使敌机以为是坏桥，而不必轰炸，黄昏后再将桥梁架好，保证夜间火车通行。

铁道兵不但抢修任务重，而且除了防敌空袭外，还要冒着生命危险排除美机轰炸时未爆炸的炸弹，其中大量的是定时炸弹。这些定时炸弹在地下几米深，随时都有爆炸危险。

铁道兵官兵以不怕牺牲的革命精神和科学态度，及时排除这些定时炸弹。1951 年 10 月，在平壤以北三角铁路几十公里的路段上，就排除定时炸弹 108 枚。

铁道兵涌现了许多排弹能手，其中第四师司令部见习参谋钟英，3 天中连续排除定时炸弹 16 枚；该师第四团战士吴青山在几天中排除定时炸弹 22 枚；该师班长田清洲和第一师战士李云龙，分别拆卸定时炸弹 18 枚和 34 枚。

志愿军铁道兵抢修能力之强，就连美国空军也无可奈何地表示叹服："共军抢修部队填补弹坑的速度可以和 F－80 飞行员的轰炸速度匹敌。共军从我'绞杀战'一开始就能迅速地抢修被炸断的铁路。共军修路人员和修桥人员，已经粉碎了我们对平壤以北铁路线的封锁，并赢得了使用所有铁路线的权利。"

同时，由于战争影响，到 1950 年底，朝鲜的工业生产已完全停顿。为了恢复和保证国民经济的正常运转，中朝联军打过"三八线"以后，朝鲜政府便作出"关于 1951 年第一季度恢复及发展国民经济计划"等一系列决定。

特别是 1951 年 2 月 22 日"关于改进战争时期铁路工作"的决定，提出铁路"为恢复工农业生产而保证国民经济运输的任务"。

于是，中朝双方在如何保证铁路运输及铁路管理体制方面的矛盾随之产生。

志愿军出国作战，由于朝鲜遭受战争的严重破坏，资源不足，致使部队供应不能取之于当地，而美军装备精良，机动性强。因此，中方的物资和装备基本上要靠国内运来。但朝鲜山地多，运途远，且路况十分恶劣，

联合指挥

而志愿军汽车数量本来就不足，加上敌机日夜轰炸，损失极大，公路运输力量更显紧张。

这样，铁路运输的重要性就显得特别突出。早在1950年10月底11月初，彭德怀即向东北局提出应加强铁路运输和建立统一指挥机构的要求，还请求中央派铁道兵到朝鲜加强修路力量。11月6日，铁道兵团和铁路员工志愿援朝大队相继入朝，与朝鲜人民军铁道抢修部队、朝鲜铁路员工并肩作战。

为了改善铁路运输的管理，协调中朝双方的运输任务，确保前线的供给和伤员及时转运，彭德怀在11月16日又提出建立中朝铁路联合指挥机构的设想。

为了解决这个问题，中方先后派人来朝鲜，经使馆安排多次同朝方有关人员商谈，但均没有结果。直到12月3日金日成亲自到北京与中国领导人洽谈后，才取得原则上的一致意见。

到12月底，中国方面成立以刘居英为司令员、余光生为政委、叶林为副司令员的东北军区铁道运输司令部，后来改为东北军区军事运输司令部，负责组织支前运输，并指挥抢修铁路。

同时，设立朝鲜铁道军事管理局，由中朝双方共管，并充实了力量。

1951年1月22日至30日，东北军区在沈阳召开后勤会议，专门研究志愿军后勤工作问题。

参加会议的有志愿军各军后勤部、各分部以及东北军区后勤部、东北人民政府有关部门负责人。

周恩来率代总参谋长聂荣臻、总后勤部部长杨立三、空军司令刘亚楼、炮兵司令陈锡联、军委运输司令吕正操等领导人，专程来沈阳参加会议。

会议开始后，周恩来明确提出建立一条打不垮、炸不烂的钢铁运输线的任务。

经过这些努力，中断的铁路运输，在球场、定州以北恢复了通车。

1951 年 1 月即接运 2944 趟列车，较上月增加 44%。到 4 月，在军管局管辖范围内的 1391 公里线路中，通车线路已发展到 1321 公里，东达释王寺，南到南川。

尽管铁路线大体通车了，但后勤供应的根本矛盾并未缓解，除了敌机轰炸造成的损失外，最严重的问题是铁路运输内部管理混乱，缺乏统一调度。

由于各部门、各单位之间互不了解，强调各自的重要性，争车、争路、争时间，矛盾和冲突时有发生。经常出现的情况是，抢运上来的不是急需物资而无人卸车。急需的物资又因前沿山洞被占而积压在后方，由此造成列车运行时间普遍延长，熙川以北山洞严重堵塞。1950 年 12 月底，积压重车竟达 329 辆。

铁路军管局虽然成立，也由双方共管，但中朝之间仍然存在着很大分歧。在管理方针上，究竟应该采取军管方式，还是仅仅实行军事代表制，尚未确定；在运力分配原则上，究竟是首先抢运军需物资，还是以民用和

经济建设物资为主，也有争论。

再加上组织机构极不健全，人员思想情绪不够稳定，铁路运输的处境仍然十分困难。

为此，彭德怀向毛泽东抱怨：对运输问题"若无速效解决办法，势必延长战争"。如何协调好各方面的关系，建立统一调度、统一指挥的铁路运输机制，从而保障铁路运输的安全、畅通，已经迫在眉睫。

关于建立中朝联合铁路运输司令部的问题，早在12月金日成访问北京时就确定了基本原则。

金日成回到朝鲜后对中国驻朝鲜大使馆参赞柴成文说：

> 前些时候关于铁路运输的军事管制问题，中国同志多次与我们的同志商谈，我们总有些人，就是不懂得没有军事上的胜利什么也谈不上的道理。这件事在北京已经商妥……

但实际上，在具体谈判中却困难重重，阻力仍然非常大。

成立联合铁道运输司令部

1951 年 2 月 19 日，负责谈判成立中朝铁路联合司令部的中方代表东北交通部部长叶林、后勤部副司令员张明远、铁道兵彭敏向中央报告：

在谈判中，朝方往往对问题考虑不周，提出的意见前后矛盾，但其中心思想是明确的：

1. 在中朝双方的运输量超过朝鲜铁路运输能力的情况下，反对中方提出的"应首先满足军需运输"的原则，而对朝鲜经济恢复的考虑较多……

2. 要求朝鲜交通省参与对铁路的管理。虽同意成立联合军运司令部，中方为正，朝方为副，受中朝联合司令部领导。但需与交通省合署办公，并建议中国也成立类似朝鲜军事交通局的机构。

3. 在铁路管理机构问题上，反对实行军管制。朴宪永提出恢复朝鲜原各铁路管理局，而将已经成立的临时铁路军管局改为定州管理局。

联合指挥

到 3 月中旬，双方在铁路管理的基本原则方面仍然

存在较大差距。军管与铁路行政合二为一，是战时提高铁路运输效率的有效办法，而铁路军管局则是中朝联合实行军管的具体组织形式。

对此，朝方不便直接提出反对，而是自行成立了军事交通局，对铁路进行控制。还恢复了原管理局机构管界和部分工作，实际上削弱和限制了军管局，使其无法完全行使职权。

为了尽快达成协议，周恩来作出让步，除坚持"在联司指挥下设双方统一的军管司令部，统一进行抢修护路及调度车运"外，同意"在目前作战时期，朝鲜铁路行政仍需朝鲜交通相管辖"。对于中方的这个让步，金日成表示基本同意。

然而，在中方代表与朝鲜交通相逐项谈判时，朝方又提出进一步要求：

> 除铁路行政系统仍归交通省领导外，军管局仅负责制订计划，其作用只是对铁路运输进行检查和监督；铁路抢修工作另成立联合机构，委托交通省领导。

这实际上等于取消了已经建立的中朝联合军管机构。鉴于朝方在谈判中反复不定，双方基本想法差距太大，中方代表深感问题复杂，关系重大，即使形成纸上协议，也难以改变实际状况，以至要求再派"有威望的得力干部来此慢慢谈判"。

彭德怀无可奈何，提出将交通省的意见呈金日成，由双方政府出面解决，只求朝方能"确保军运如数完成，确定铁路管理和运输的具体办法"。

在随后的谈判中，针对朝方的原则，即铁路行政隶属朝交通省；成立中正朝副的联合军运司令部；成立中正朝副的统一铁道兵团司令部，中方代表提出五点商榷意见：

  1. 坚持对朝鲜铁路的军管制度，但可实行军事代表制，在联合军运司令部下设各级军事代表，中正朝副，军事代表对一切军运有最后决定权。

  2. 联合军运司令部设沈阳，派总代表驻朝交通省，监督军运计划执行。

  3. 要求朝方保证联合军运司令部与其总代表及各级军事代表间电话畅通。

  4. 成立统一抢修司令部，受联合军运司令部领导，同时受朝交通相及联合军运司令部指导。

  5. 在朝中国员工受朝铁路局领导，其政治工作则受中国军事代表直接领导。

叶林、张明远、彭敏据此与朝交通相再次谈判。除

联合指挥

对抢修司令部领导权的归属问题尚未明确表态外，朝方基本接受了中方提出的五点意见，但要求确定朝交通省对其所属各铁路管理局行使管辖权。

在会谈中，关于运输问题，朝方原则上同意全部通车，由联合军运司令部审核批准军用物资和国民经济所需物资的运输比例。

至于交通省及其所属各管理局，朝方请中国派人任副职。双方商定，将谈判记录整理签字后，呈报各自政府批准。

得此情况后，周恩来一方面要求中方代表最好争取能在记录中列入有关联合抢修司令部领导权的内容，一方面也只得同意叶、张、彭在记录上签字，并将全文带回北京。

恰在此时，莫斯科方面的意见到来，扭转了会谈的局面。

据当事人张明远观察，中朝会谈之所以争执不下，其实质是联合军运司令部领导权归谁所有的问题。中方代表认为，当时朝鲜的铁路和机车大部被毁，铁路运行的车辆主要是中国开来的。而抢修线路、运送物资的部队和司乘人员都以中方为主，甚至维修线路的器材和部分朝鲜铁路员工的供应也都是由中方负责。

从当时的实际情况看，朝鲜方面难以协调指挥铁路运输的正常运行。所以，战争期间的中朝铁路联运应由中方牵头。但朝方以及苏联驻朝鲜顾问坚持认为，对铁路运输的管理涉及国家主权问题，必须由朝鲜领导。

对此，周恩来曾指出，问题的根子不在平壤，而在莫斯科，并表示要同苏方协商，以求妥善解决。

就在周恩来电告中方代表准备在谈判记录上签字的当天，斯大林来电表示苏联的立场，电文如下：

> 我驻沈阳领事列多夫斯基刚刚向我们报告了高岗同志的意见，即为正确组织部队和作战物资向前线的运输工作，朝鲜铁路必须交由在朝鲜的中国司令部管理。从领事的报告中可以看出，金首相是支持这个意见的，但朝鲜的部长们却似乎反对这个意见，他们认为这个办法将损害朝鲜的主权。
>
> 假如需要我的意见和联共中央的意见的话，那么我们认为必须告知您，我们完全支持高岗同志的意见。为了顺利地进行解放战争，这个办法是必须采取的。总的来说我们认为，为朝鲜本身的利益着想，中国和朝鲜之间最好能建立起更密切的国家关系。

周恩来当即将这一电文转给彭德怀，并表示可以继续"力争联合铁路修复司令部归联合军运司令部指挥，或仍进一步提议将朝鲜铁路管理局置于军事管制的直接管理之下"，中方代表亦可暂缓签字，而由政府出面邀请

朝交通相到沈阳再谈。

在以后的谈判中，中方的态度开始强硬起来。4月16日，周恩来致电中国驻朝鲜大使倪志亮即转金日成：

> 提议为适应战争需要，朝鲜铁路必须立即置于统一的军事管制之下……即在联合军队司令部领导下，设立中朝联合的军运司令部，统一朝鲜铁路的管理、运输、修复与保护事宜。

5月4日，中朝两国政府在北京签订《关于朝鲜铁路战时军事管制的协议》，对管理体制、组织机构、运力分配等重大问题作出了明确规定。

根据协议精神，7月正式成立朝鲜铁道军事管理总局，刘居英为局长兼政治委员，朝方的金黄一、黄铎为副局长，统一负责朝鲜战区铁路运输的管理、组织与实施。军管总局下设熙川、定州、新成川、平壤、高原5个分局，共有援朝员工1.2万余人。

8月1日，在沈阳成立中朝联合铁道运输司令部，受中朝联合司令部直接领导，东北军区副司令员贺晋年兼司令员，张明远兼政治委员，朝鲜铁道副相南学龙、志愿军的刘居英、李寿轩、叶林为副司令员。

同年11月又在安州成立了联运司的前方派出机构前方铁道运输司令部，刘居英任司令员兼政治委员，金黄一、李寿轩为副司令员，负责指挥和协调军管总局、抢修指挥部和铁道高炮指挥部的工作。

铁道兵团增加为 4 个师又 3 个团, 还有援朝工程总队, 总人数达 5.2 万余人。

从此, 在统一的领导和组织下, 铁道运输部队、抢修部队及高炮部队密切配合, 大大提高了铁路运输效率。

这些机构的成立, 从根本上保障了中朝联合司令部对交通运输的统一指挥, 扭转了朝鲜战争初期运输被动的局面。

联合指挥

联军司令部指挥战役作战

1950 年 12 月，中朝联合军队司令部成立后，中国人民志愿军和朝鲜人民军开始在其统一指挥下，与"联合国军"和南朝鲜军作战。

1950 年 12 月 31 日，中朝联合军队司令部指挥志愿军 6 个军，即第三十八、第三十九、第四十、第五十、第四十二军、第六十六军和人民军 3 个军团第一、第二、第五军团 30 多万人分左、右两个纵队，向西起临津江，沿汉滩川及"三八线"一带的"联合国军"阵地发起猛烈进攻。

经过 7 个昼夜的连续追击，突破了"联合国军"在"三八线"的防御，歼灭"联合国军"1.9 万余人，将"联合国军"驱逐至"三七线"南北地区。这是中朝联合军队司令部指挥的第一次战役，是一次成功的战役。

3 次战役结束后，中朝军队按照预定计划转入休整。为了统一思想，总结经验，在冬季攻势作战中夺取更大的胜利，中朝联合军队司令部在成川郡君子里召开中、朝军队高级干部会议。

金日成出席这次会议并讲话，彭德怀在这次会议上作报告。中、朝两军部分高级将领在会上发言。会议总结了前 3 次战役的经验，分析了形势，提出了下一步的作战任务和作战方针。

会议正在进行时，"联合国军"于1月25日，在大量空军的支援下，以步兵、坦克组成的多路纵队，对中朝军队阵地进行大规模反攻。

1月27日，中朝军队被迫停止休整，立即转入防御作战。面对对方的反攻，中朝联合司令部司令员彭德怀将中朝军队组成东、西、中三个作战集团，与"联合国军"进行第四次战役。

在西线，由志愿军副司令员韩先楚指挥第三十八、第五十军和人民军第一军团，抗击"联合国军"向汉城方向的进攻。

在东线，由志愿军副司令员邓华指挥第三十九、第四十、第四十二、第六十六军，向原州、横城方向实施反击。由联合军队司令部副司令员、人民军前线指挥官金雄指挥人民军第二、第三、第五军团掩护邓华集团集结，并以第三、第五军团在邓华集团左翼，向横城东南方向反击。

中朝联合军队司令部领导中朝军队在第四次战役中，进行坚守防御、战役反击和运动防御多种样式的作战，历时87天，歼灭"联合国军"7.8万人，胜利地完成防御任务，赢得了时间，掩护了战略预备队的集结，为第五次战役创造了有利条件。

1951年4月22日，中朝联合军队司令部为粉碎"联合国军"在朝鲜蜂腰部建立新防线的计划，指挥中朝军队发起了第五次战役。

联合指挥

中朝联合军队司令部在此次战役中集中了中国人民志愿军、朝鲜人民军 15 个军近百万大军分东、西两线向"联合国军"突然发起猛攻。

中朝军队连续奋战 50 天，歼灭"联合国军"8.2 万余人，粉碎了"联合国军"建立新防线的计划，摆脱了在第四次战役中所处的被动局面。

经过这次战役的较量，迫使"联合国军"对中朝人民军队的力量重新做出估计，不得不转入战略防御并接受谈判。

1951 年 6 月以后，在朝鲜战场上，交战双方沿着"三八线"地区形成相互对峙的局面，战争转入了相持阶段。

在这个阶段内，中朝联合军队司令部指挥中朝军队先后进行 1951 年夏秋季防御战役、反"绞杀战"和反细菌战、1952 年秋季反击作战、1953 年夏季反击作战等。

由于中朝军队的英勇作战，以美国为首的"联合国军"不得不于 1953 年 7 月 27 日在朝鲜停战协定上签字。至此，抗美援朝战争胜利结束，中朝联合军队司令部也完成了它的历史使命。

在两年多的时间里，中朝联合军队司令部作为中朝两军的统帅部，提出和制定了一系列的重要作战方针，促进了中朝两军的沟通和了解，增强了两军的战斗团结与友谊。中朝联合军队司令部作为中朝两军的统帅部，在抗美援朝战争中发挥了重要作用，为夺取战争的胜利作出了重要贡献。

三、 同赴敌后

● 韩先楚握着刘振华的手，亲切地注视着他流着汗水的脸说："我就知道你会这么急。"

● 刘振华只说了一句话："请首长放心，我一定坚决完成任务！"

● 刘振华说："中朝两国人民是亲兄弟，我们用鲜血凝成的友谊是牢不可破的。"

决定组建联军游击支队

1950 年 11 月 13 日，志愿军司令部在大榆洞召开第一次党委会，各军军长参加了会议，主题是总结第一次战役和部署第二次战役。

在这次会议召开之前，志愿军司令部摆下丰盛的晚宴，为各路军首长接风洗尘。

大家好不容易凑在一起，边吃边说，有说不完的话语。因为第一次战役旗开得胜，将"联合国军"打退到清川江以南去了，来参加会议的各军军长都很高兴。

第三十八军军长梁兴初见到作战处副处长的杨迪即笑嘻嘻地问："杨迪，你准备了狗肉没有？我很想吃朝鲜的狗肉。"

杨迪说："梁军长，朝鲜的洞里都被美军飞机炸毁了，我到哪儿去找狗呀？根据现在很困难的条件，我尽所能只准备了猪肉、牛肉罐头。"

梁兴初说："弄不到狗肉，那猪肉、牛肉也行，是不是还可以炒盘鸡蛋？"

杨迪说："梁军长，你尽出难题，我要管理处尽量想办法让你们几位军长大人吃好一些。"

其他几位军长在一旁对梁兴初说："老梁，你看这荒无人烟的矿洞，你要杨迪到哪儿去给你找狗肉吃，不要难为他了，这不是在国内，是在国外呀！"

大家都哈哈大笑起来。

饭后，军长们走进彭德怀的作战室。这是大榆洞金矿一间三四十平方米的木板房子。墙上挂着巨幅作战地图。这里有几十部电台，每天与北京、沈阳、安东以及各野战军的军、师指挥机构保持不中断的联系。

作战室是南北正房，东面坐着彭德怀，西面坐着金日成、高岗，北面坐着邓华、洪学智、韩先楚、解方、杜平。几个军长和政委坐在南面。

志愿军的首长们一个接着一个地站起来，向金日成敬礼，金日成也同他们一一握手、问候。

介绍完毕后，彭德怀严肃地宣布：

今天开志愿军第一次党委会，主要是研讨作战问题，先请邓华同志发言，总结第一次战役的经验教训，然后将我们研究的第二次战役的决心与部署，向大家讲讲，大家讨论讨论下次战役这样打，行不行。

中国人民志愿军第一副司令员兼第一副政治委员邓华站起来，手里拿着各军的战报，走到作战地图前，指着地图说："这次战役，是在朝鲜战局极端严重的情况下，我们仓促入朝战斗的。"

邓华接着说：

由于我们战略指挥正确，达到了战略战役上的突然性，加上战役指挥灵活，能够根据战场上发生的变化，不断改变作战计划。同时，全体指战员发扬了英勇顽强的战斗作风与近战、夜战的特长，经过持续12昼夜的英勇奋战，给伪六师以歼灭性的打击，重创了美军骑一师、伪一师和伪八师，取得了入朝作战的初胜。

邓华最后总结说："此次战役共歼敌一万五千八百多人；收复了清川江以北的全部地区和清川江以南的德川、宁远地区。更重要的是，我们取得了对美军作战的经验，对于以后的仗怎么打，我们心里有数了……"

彭德怀站起来说：

我们志愿军出国第一仗胜利了！毛主席接到我们的报告很是高兴。起初，我们还担心，在没有制空权的形势下，和美军伪军作战，我们要吃亏。现在看来，这个困难是可以克服的，我们有近战、夜战的法宝，没有飞机，缺少大炮、坦克，一样可以打仗，而且打了胜仗。看起来，美国军队也没什么了不起的，我们不只打了伪军，也打了美军骑一师嘛！三十九军包围了云山的美军骑一师第八团，使其大部被歼，

击溃了增援云山的美骑一师第五团，打得好！

彭德怀的话使在场的人员极为兴奋。

志愿军入朝后，根据对方分兵冒进的情况，决定立即改变原防御作战计划，而采取在运动中歼敌的方针，以一部在黄草岭、赴战岭地区钳制东线之敌，以主力于西线歼灭对方。

至 11 月 2 日，志愿军先后歼灭了龟头洞、古场洞地区之敌并攻克云山。3 日，西线的"联合国军"被迫全线撤退。4 日，其主力全部撤到清川江以南地区。5 日，第一次战役胜利结束，我军歼灭"联合国军"1.5 万余人，挫败了"联合国军"在感恩节前占领全朝鲜的狂妄企图，初步稳定了朝鲜战局。

虽然第一次战役惨败，麦克阿瑟依然坚持中国出兵只是象征性的，但同时他也承认"联合国军全部被歼的危险"，因此建议应该大规模轰炸中国东北地区，但是美国杜鲁门政府显然意识到，在二战刚刚结束后就立即与中国作战将有可能触发第三次世界大战，因此认为应该将战争限制在朝鲜半岛。而中国的参战，令杜鲁门政府再度改变政策，称朝鲜半岛的统一可以"日后再谈判"，显然抛弃了之前要一鼓作气统一朝鲜半岛的策略。

11 月 24 日，麦克阿瑟发动对清川江以北中朝军队的进攻，并宣称要让美军士兵"回家过圣诞节"。

中国人民志愿军先示形于敌，诱敌军进入战役发起

同赴敌后

线后于 11 月 25 日发动第二次战役，在西线战场使用志愿军第三十八军、四十二军从左翼突击美军第八集团军纵深。

1950 年 12 月 31 日，中朝军队发起第三次战役，推进至"三八线"以南 50 公里处，汉城被中国人民志愿军第五十军与朝鲜人民军第一军团攻占。

1951 年 4 月 22 日，中国人民志愿军发动第五次战役，至 29 日"礼拜攻势"结束，"联合国军"开始发动"第二次春季攻势"，逼近铁原、涟川。

在第五次战役中，中国人民志愿军英勇作战，夺取战场的主动权，继续歼灭"联合国军"的有生力量。6 月 10 日，第五次战役结束，志愿军共歼"联合国军" 8 万多人，敌我双方转入对峙状态。

到 1951 年 6 月，在抗美援朝战争第五次战役过后，根据志愿军总部首长的指示，中国人民志愿军和朝鲜人民军为准备进行下一步的反击战役，决定共同组建一支特殊的部队——中朝联军游击支队。

当时，中国人民志愿军第四十军第一一八师副师长刘振华被任命为中朝联军游击支队的支队长，也称支队司令，并领衔组建中朝联军游击支队。

任命刘振华为联合游击支队支队长

1951 年 5 月底，中国人民志愿军第四十军第一一八师在参加抗美援朝第五次战役后，撤至平壤以南的祥原地区休整。

当时，第一一八师副师长刘振华还未来得及抖落掉战火的征尘，就接到志愿军总部的一份调令，任命他为中朝联军游击支队支队长，并决定由第一一八师抽调精干人员先行组成一个侦察排，随他一同立即赶到志愿军总部报到。

面对这突如其来的命令，许多问题在刘振华的脑海里翻腾起来。中朝联军游击支队是一支什么样的部队？主要担负什么任务？部队到哪里？其他领导都是谁？

这些问题对他来说都是未知数。但有一点他的心中是清楚的，这肯定是一项特殊的任务，而且责任重大。于是，他立即交代工作，打点行装，准备到志愿军总部接受新的战斗任务。

6 月初的一天中午，刘振华率一一八师新组成的一个侦察排，赶到伊川附近的空寺洞志愿军总部报到。

志愿军总部设在深山沟的一个废铜矿井里，矿洞很大，用木头间隔成一间间房子，洞内灯火通明，电台、电话响个不停。

　　志愿军邓华、韩先楚副司令员，解方参谋长，王政柱副参谋长，杜平主任，组织部长任荣等首长都在总部开会研究工作。刘振华大声报告进屋后，第一次见到这么多的首长，十分高兴和激动，便疾步上前向首长们敬礼问好。

　　韩先楚副司令员是刘振华的老首长，在解放战争中，他任第四十军军长时，刘振华任第四十军第一一八师政治部主任。在韩的指挥下，第四十军从东北一直打到海南岛，打了许多恶仗和硬仗。

　　后来在1960年3月，解放海南岛的战役中，就是韩先楚点的将，命令刘振华带领一个加强团，乘木船偷渡琼州海峡，粉碎国民党军的阻截，先行登上海南岛，抢占滩头阵地，接应第四十军主力部队登陆海南岛。

　　抗美援朝战争爆发，第四十军奉命入朝作战后，刘振华就再也没有见到这位可敬的老军长。久别后重逢，他们都很高兴。

　　韩先楚握着刘振华的手，亲切地注视着他流着汗水的脸说：

　　　　我就知道你会这么急。去，先到那边把你的灰脸洗一洗，回头吃口饭后我们再和你慢慢地说。

　　午饭过后，邓华、韩先楚、解方、杜平等志愿军总部首长召见刘振华。

韩先楚首先介绍说：

为了给美帝国主义侵略军更大更沉重的打击，准备进行第六次战役，彭总和金日成首相商定，组建一支中朝游击支队，深入南朝鲜，建立敌后游击根据地，袭击敌人基地、仓库，切断敌后方交通，搜集情报，配合第六次战役的行动。

韩先楚接着嘱咐说：

中朝联军游击支队由志愿军和人民军联合组成，直属中朝联合军队司令部领导。志愿军组建4个中队，一个兵团组建一个中队，一个军组建一个分队，一个师组建一个小队。人民军组建两个中队。中朝联军游击支队组建后，立即进行教育训练，尽早做好各项准备。

邓华对刘振华说：

这是一项十分艰巨的任务，会遇到许多意想不到的困难，你们一定要在各方面做好充分的准备。

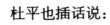

共和国的**历程**

·兄弟同心

杜平也插话说：

　　组建游击支队，要选德才兼备，能打仗，有指挥作战和政治工作经验的干部，韩副司令员想到你，并决定由你负责组建中朝联军游击支队，相信你能很好地完成任务。

　　最后，解方参谋长向刘振华交代具体的任务。听着首长们亲切的话语，面对首长们信任的目光，刘振华不由得一阵阵紧张和激动，心中觉得有好多话要向首长说，但是当他站起来时，却只说了一句话：

　　请首长放心，我一定坚决完成任务！

　　接着，刘振华开始积极为中朝联军游击支队的组建做好各项准备工作。

联军游击支队人员编制

1951 年 6 月下旬，中朝联军游击支队正式组建。刘振华任支队长，副支队长由志愿军第四十二军一二五师副师长茹夫一担任，下辖 4 个中队。

其中，一中队是由三兵团组建的，二中队是由九兵团组建的，三中队是由十三兵团组建的，四中队是由十九兵团组建的。每个中队约 500 人。

支队部工作机关设参谋组：作战、侦察、通信、机要参谋各一名；政工组：组织、宣传、保卫干事各一名；后勤组：供给主任、管理员各一名，同时配备了英文翻译和机要员。中队设有中队长、政委、参谋、干事，配备英语和朝语翻译、书记、译电员、医生。

分队设分队长和政委。分队下面是小队，设三到四个班，每班有十三四人。此外，支队还直辖一个 50 多人的警通排。仅中方人员编制就有 3000 多人。

中朝联军游击支队配备的干部战士素质都比较高，基本上是高职低配。当时中队的领导都是正团职干部，分队的领导是副团职或营职干部，小队的领导大部分是侦察连的正副连长，各班长大多是侦察排长，战士基本上是侦察班长或优秀的侦察兵。党团员占 80% 到 90%。

中朝联军游击支队的编制、装备充分考虑执行特殊

任务的需要，做了精心的安排。整个 3000 多人的队伍，军械、军需、卫生等均未设专门机构，所需武器弹药、被服粮食等都由干部战士随身携带。各种药品也以班为单位携带。

各中队以下不设炊事班，由各班自己动手做饭，每人还配备了一个月量的压缩饼干。在武器装备上，无论干部战士每人均配匕首、手枪、卡宾枪。班有机枪、火箭筒，分队有六〇迫击炮，还配备有爆破器材。支队到中队，中队到分队都由无线电台联络，分队到小队配备有无线报话机。

这次编入中朝联军游击支队的人民军有 130 多人，由人民军丁树民和赵宝善带队。根据志愿军总部领导的指示，丁树民任中朝联军游击支队政委。

丁树民政委原在东北民主联军李红光支队工作，曾参加过中国的抗日战争和解放战争。朝鲜战争爆发后，回国转入朝鲜人民军。他是一位著名的战斗英雄，曾荣获朝鲜民主主义人民共和国国旗勋章。

赵宝善任副支队长，他曾参加过金日成将军领导的东北抗日联军，在长白山区一直坚持到抗日游击战争的胜利。赵宝善不仅汉语说得好，而且对中国的文化历史了解得也很多，可以说是一名真正的"中国通"。

其余人员也都是经过挑选的战斗骨干，既会朝语，又懂汉语。这些人民军人员编入游击支队，对当时执行深入敌后的游击作战任务，是非常有利的。

6 月底，朝鲜党中央敌后游击指导处处长裴哲少将，按照中朝双方的预定方案，从平壤来到伊川游击支队驻地，同中方商谈，决定选派部分人民军干部战士编入游击支队。

7 月中旬，由朝鲜人民军总部派来的 130 多人来到游击支队报到。刘振华和茹夫一副支队长亲自带领支队部的人员，到伊川江边的小村庄迎接人民军，并在山坡的小树林里召开欢迎大会。

刘振华在欢迎大会上讲话，他代表中国人民志愿军欢迎人民军的战友，感谢金日成首相对志愿军的支援。他还即席发表演讲说：

> 中朝两国人民是亲兄弟，我们用鲜血凝成的友谊是牢不可破的。今后，我们还要团结战斗，生死与共，坚决打败共同的敌人美帝国主义侵略者……

刘振华的即席演讲还没等翻译过来，便激起一阵阵热烈的掌声，原来这些人民军的军人大多数都懂汉语，根本用不着翻译。

其中还有一些人在中国参加过抗日战争和解放战争，有的相互之间还认识。昔日曾在一个战壕里并肩作战的战友，今日欢聚在一起，大家十分高兴，特别是那些曾经相识的同志互相询长问短，激动得流下热泪。

游击支队整训待命

1951 年 6 月，中朝联军游击支队正式组建成立。

中朝联军游击支队组建后，他们白手起家，组织干部战士自己动手盖草房、搭帐篷、架床铺、修操场。很快，山坡上的树林里出现了一座既隐蔽又整齐的营区，并开始紧张的战前训练。

针对敌后游击战的特点，部队以单兵训练和小分队战术训练为主，突击训练擒拿格斗、多种兵器和通信器材的使用以及捕俘、爆破等，还针对南朝鲜的地理环境加强了爬山、战场救护、野外生存能力和小分队伏击、夜战、山地作战等演练，对部队进行美军武器装备、战术特点、活动规律和南朝鲜社情、风俗、地理、气象等知识教育。

在此基础上，支队部还举办一期集训队，专门训练70 多名担任联络员的朝鲜军人。经过一个多月的应急训练，部队的军事素质有了明显的提高，从思想上、军事上、物质装备上都做好了充分的准备。

在部队初建的日子里，部队求战情绪高涨，工作训练生龙活虎。但是，也有部分人员存在着一些思想顾虑。

有的士兵反映，打仗我们并不害怕，但在异国他乡，深入敌后，语言不通，地形不熟，能不能得到群众支持，吃的用的断了怎么办？有的担心我们小股部队，装备又差，怎么同美国的飞机大炮打游击？

还有的人说，我们这次深入到南朝鲜打游击是肉包子打狗，有去无回。

如何解决这些问题，用什么统一大家的思想？为此，刘振华和丁树民、茹夫一等支队领导商量后，决定先召开一次军政干部会议，统一领导干部的思想。

7 月初的一天，中朝联军游击支队召开组建后的第一次军政领导干部会议，各中队的队长、政委和支队部参谋、干事参加了会议。

会场就设在支队部驻地东边山沟的小树林里，用木杆树枝搭了个凉棚，地上横了几根粗木头当凳子。

这次会议开了 3 天，会议的主要议程是：

1. 传达志愿军首长关于组建中朝联军游击支队的指示，介绍朝鲜战场的形势，论述敌后游击战的战略战术和政策纪律，分析敌后游击战的有利条件和不利条件，提出完成任务的要求；

2. 学习毛主席《论持久战》、《中国革命战争的战略问题》等文章和志愿军总部的有关文件，并进行深入的学习讨论；

3. 部署下一步的思想政治工作和军事训练任务，明确使命。

同赴敌后

战士们运用毛泽东分析问题的辩证方法来分析面临的各种问题，是越分析越透彻，越分析越明白。

有的战士讲，原来总顾虑深入南朝鲜，语言不通，风俗人情不熟这困难的一面，而没有像毛泽东那样从战争的根本性质上来分析。

一位战士豁然开朗，他发言说：

我们进行抗美援朝是反侵略的正义战争，是得到朝鲜人民群众全力支持的，只要有了人民群众的支持，任何困难都会战胜。美帝国主义进行的是侵略性的非正义战争，他们在朝鲜不但语言不通，而且还遭到朝鲜人民的强烈反对，必将进一步陷入朝鲜人民战争的汪洋大海之中。

这样，会议气氛开始活跃起来。

在这次会议上，有的人说：

学习了毛主席关于内线和外线、有后方和无后方、包围和反包围的论述，我们认识到，我们的这次行动是我们整个战略计划的一个步骤，不但得到总部的直接指挥和朝鲜人民的支援，而且我们一旦深入敌后，与正面战场相呼应，敌人就会陷入两面夹击，首尾难顾。这样，包围和反包围就开始转化，我们就会变被动为主动。

还有人说：

虽然美军飞机、坦克、大炮多，我军装备差，但是，敌人在 5 次战役中连遭惨败，已经被赶到"三八线"以南，士气低落，怕死厌战；而我军士气高昂，斗志旺盛，不怕苦不怕死，善于近战、夜战。美军机械化程度高，但对道路依赖大，不适合山地作战。南朝鲜山地丘陵多，便于我小分队行动和山地作战。

就这样，大家越讨论越热烈，你一言我一语，一条一条地对照分析，不但达到了提高领导干部认识，统一思想的目的，而且对解决部队中存在的思想问题也有了办法。

正在这时，志愿军政治部下发《敌后游击战的政策界限》的文件，对敌后游击战的战术思想和作战方法、根据地的建设、群众工作政策等方面都作了详细的论述，内容全面，通俗易懂。

为此，支队及时组织部队学习讨论，使干部战士的政策水平和政治觉悟有了很大提高。

同赴敌后

共和国的
历程

·兄弟同心

7月中旬，中朝联军游击支队除人民军两个中队未能及时报到外，其余组建工作已基本完成，并正式启用"中朝联军游击支队"的番号，对外代号为"九支队"。

在此期间，由于朝鲜战争转入相持阶段，战线基本稳定在"三八线"附近地区，同时，在开城重新举行停战谈判，使整个形势一度趋向缓和。

基于战局的变化，志愿军总部提出"持久作战，积极防御"的战略方针，并确定在两三个月内不进行大的反击战役，原计划在8月进行的反击战役，即预定的第六次战役，只是加紧准备而暂不发动。根据志愿军总部的这一指示，中朝联军游击支队继续整训待命。

执行翁津半岛剿匪任务

1951 年 8 月，以美国为首的盟军虽然被迫坐在谈判桌前，但他们并不甘心自己的失败。一方面提出一些无理要求，蓄意破坏谈判进行；另一方面在军事上进行一系列的挑衅活动，轰炸我军事设施和交通线，派小股部队和武装特务袭扰我指挥机关和后方基地。

在这样的情况下，中朝联军游击支队根据志愿军总部的指示，负责加强对志愿军总部的警戒和保卫工作，随时准备粉碎对方的破坏活动。

一天，在志愿军总部驻地附近发现美军的飞机空投特务进行破坏活动，刘振华立即组织游击支队进行搜捕，及时在志愿军总部的东山沟俘虏 4 名空降武装特务，一名英国人，3 名南朝鲜人，通过审讯后，从中获得了一些重要的军事情报，受到志愿军总部的通报表扬。

9 月下旬，韩先楚副司令员向中朝联军游击支队交代新的战斗任务，命令刘振华率部到开城西南的翁津半岛执行剿匪任务。

韩先楚说：

翁津半岛情况很复杂，由于南朝鲜军的破坏，部队到那里后既要打击敌特匪徒，又要注

重做好群众工作，掌握好政策。朝鲜党中央已通知了当地政府，你们到达当地后要主动与当地政府联系，取得朝鲜同志的支持。执行这次任务，对部队将是很大的锻炼，一定要完成好。

刘振华等支队领导接受这一任务后，立即向中队以上干部传达韩先楚的指示，部署行动方案。支队的干部战士都很高兴，大家摸爬滚打了两个多月，早就盼望执行战斗任务了。

经过一个多星期的行军，部队到达信川郡的梅秋里。刘振华负责部署部队驻防，丁树民政委负责到信川郡拜访郡的负责人。

信川郡是李承晚的老家，从 1950 年 9 月人民军撤退到 1951 年初重新解放，短短 4 个月的时间，李承晚的治安队就在当地杀害了群众数千人，制造了许多血案。

部队到达后不久，信川郡的党政领导带着文艺演出队到支队部慰问。信川郡领导的到来，不仅带来了朝鲜人民的深情厚谊，而且帮助部队解决了住房和粮食给养等许多的实际困难。

10 月下旬，中朝联军游击支队移驻信川郡的天王洞。当时，朝鲜人民军的两个中队也来到翁津郡一带，正式编为中朝联军游击支队第五、六中队。

这两个中队都是朝鲜人，大部分是从南朝鲜敌后撤回来，经过战斗锻炼的优秀士兵。因此，为了加强对中朝游击支队的领导，支队部又增加了两位朝鲜领导，一位是李相模副支队长，一位是朴方烈副政委，他们两人是由朝鲜劳动党中央游击指导处直接委派来的。他们来到支队部时，还带来了 10 多名通讯人员，自己开设了电台，对上直通朝鲜中央游击指导处，对下直通第五、六中队。

同时，支队部的参谋组、政工组也都增加了人民军的人员。与此同时，支队部给第五、第六中队各派了一名志愿军团职干部当副中队长。至此，中朝联军游击支队六个中队已全部编齐到位。

11 月下旬，中朝联军游击支队的领导在信川郡三来里召开军政联席会议，共同商讨剿匪问题。

对于这次会议，朝鲜劳动党中央很重视，专门派来政治局委员、内务相兼中朝联军副政委朴一禹出席会议。

黄海道、安岳郡、松禾郡、信川郡、翁津郡的委员长以及驻翁津海岸的人民军第七旅领导人等都参加了这次会议。

会议由黄海道金委员长主持。朴一禹副政委首先讲话，代表金日成首相问候大家。他主要讲朝鲜目前的形势，并对翁津半岛地区剿匪和西海岸守备提出要求。

随后，刘振华代表中朝联军游击支队讲话，丁树民政委担任翻译。刘振华在讲话中汇报游击支队奉命进驻翁津半岛剿匪的任务，提出依靠地方政府，充分发动群众，实行军民联防，打击匪特，巩固海防的意见。

同赴敌后

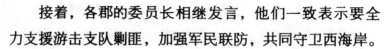

接着，各郡的委员长相继发言，他们一致表示要全力支援游击支队剿匪，加强军民联防，共同守卫西海岸。

3 天的军政联席会议开得很成功，看到朝鲜人民的大力支持，刘振华十分高兴，他激动地对丁政委说：

> 有了地方政府和朝鲜人民群众的支援，完成任务就有了可靠的保证。

当时，在翁津半岛骚扰的主要是李承晚军的小股武装特务和治安队。他们以翁津半岛对面的立羚岛为基地，以离海岸不远的小椒岛为跳板，经常半夜偷渡登陆，窜到九月山的匪巢穴。

九月山是翁津半岛最高的山，奇峰耸立，古树参天，岩洞交错，道路险要。山上聚集了当地反动分子纠集的武装土匪和李承晚伪军的小股武装特务，他们经常下山偷袭朝鲜劳动党的党政机关，抢掠钱财，蒙蔽和胁迫当地群众进山，并将部分群众从海上输送到南朝鲜。

这些土匪虽然数量不多，约有 100 人，但武器装备比较好，加之他们地形熟，在山里到处流窜，要剿灭他们也十分困难。

基于这种情况，中朝联军游击支队的领导商定：

> 以两个中队的兵力扼守海岸线，抗击和歼灭偷渡的"联合国军"；以两个中队的兵力围剿

九月山之敌，控制要点，切断匪特进出道路，并组织若干小分队侦察搜捕，抓住战机后再组织大部队进山围剿；余下的另两个中队做预备队进行教育训练和群众工作。

九月山附近村庄的老百姓，由于受李承晚伪军的反动宣传和逼迫，在中朝联军游击支队未来前大部分逃进深山，有的还参加了土匪武装。

游击支队进驻后，整个村庄十室九空，红红的苹果挂在树上，成熟的稻子倒在田里。干部战士放下背包后，就拿起扫把，担起水桶，把屋里屋外收拾得干干净净，把到处乱跑的鸡鸭关起来。

大家还连续奋战，把田里水稻收割下来背回村庄，把树上苹果摘下来替群众保管好。各中队还专门组织人员，登门做留在村庄群众的思想工作，耐心地讲道理，宣传我军政策。经过大量的工作，当地群众逐渐消除了疑虑，主动向部队介绍情况，提供情报，有的还进山劝说家里的亲人回来。

小分队进山搜捕后，陆续俘虏了一些武装特务和伪治安队员等，多数由各中队协同当地政府内务署审查教育，释放回家。

一部分班排以上的大小头目和匪特骨干，则送到支队部处理。这些人，原认为被俘后必死无疑，没想到在支队部受到宽大待遇，不但没有挨打挨骂，而且还能吃

同赴敌后

饱饭、睡热炕。

支队还派出专门的人员每天给他们上课，宣传俘虏政策，揭露美帝国主义及南朝鲜军的罪行。经过 20 多天的教育，这些被俘人员都主动坦白认罪，写了悔过书。

后来，信川郡内务署给这些俘虏人员大部分人发了释放证，遣送回家。由于正确地执行了俘虏政策，影响大，效果好，山上的匪徒，特别是被逼迫上山的群众，纷纷下山自首，争取得到宽大处理。

12 月上旬，根据投诚土匪提供的情报，中朝联军游击支队组织第一、第三中队再度进山剿匪，包围了匪特多处活动据点，击毙了顽抗的匪首，彻底摧毁了九月山匪特的老巢。

彭德怀听取支队工作汇报

1952 年 3 月上旬的一天，刘振华突然接到志愿军总部的通知，让他立即赶到桧仓志愿军总部汇报有关中朝联军游击支队的工作情况。

当刘振华赶到总部时，韩先楚副司令员告诉他说："彭总要亲自听取中朝联军游击支队在翁津半岛地区剿匪的情况。"

早在刘振华参军的时候，就听说过彭德怀的名字和他不少的传奇故事，但过去一直没有亲眼见到他。这次能够见到敬爱的彭总并当面向他汇报工作，刘振华的心情自然十分激动。

当天晚上 20 时，刘振华来到彭德怀的会议室，这间会议室与彭德怀的办公室兼卧室相连，是间不太大的屋子，中间放着一张桌子，上面摆了几个茶杯，四周放着椅子和小木凳，两盏电灯把屋里照得很亮。

当时，陈赓、邓华、韩先楚、宋时轮副司令员，甘泗琪副政委，解方参谋长和中朝联军朴一禹副政委等先后走进屋里，刘振华急忙向首长敬礼、问好。

首长们有说有笑地一边打着招呼，一边坐下来。一会儿，彭德怀背着手从办公室走出来，只见他留着短短的头发，在灯光下显得很高大。

081

彭德怀微笑着来到刘振华的身边，亲切地握住他的手，用和善的目光打量一番后，用浓浓的湖南口音说：

你这个支队司令很年轻嘛！

刘振华赶紧说：

报告司令员，我今年已经30岁了。

彭德怀笑着点了点头说：

你就是到了80岁，在我的面前也是年轻人嘛。

随后，彭德怀就近拉了把椅子坐了下来，环顾了一下在座的人员，用商量的口气说："我们就没啥子说了，是不是先听听这位30岁司令的汇报？"

面对彭德怀朴实慈祥的笑脸，听着彭总幽默的话语，刘振华先前的紧张情绪早已抛到九霄云外，他首先代表中朝联军游击支队的同志们向彭总和联司首长们问好。

接着，刘振华开始汇报游击支队组建以来和到翁津半岛剿匪的情况。

彭德怀认真地听着，并不时询问和交换看法，对中朝联军游击支队的工作给予了很高的评价和充分的肯定。

彭德怀高兴地说：

　　你们这支部队是一支很特殊的部队，也是
一支很有战斗力的部队，应该说是集中了中朝
两国人民最优秀的儿女组成的。组建的时间不
长，就做了这么多的工作，这与你们的共同努
力是分不开的。

当刘振华汇报到游击支队严格执行群众纪律和俘虏
政策，并取得了人民群众的支持时，彭总欣慰地说：

　　干革命就是要紧紧依靠群众，千难万难，
依靠群众就不难，脱离群众就一事无成。我们
共产党人不但要宣传教育群众，对剥削阶级也
要改造争取。当年在苏区时，王明提出地主不
分田，富农分坏田。毛泽东不同意，提出地主
也要分一份田，让他劳动改造，自食其力。所
以说，我们是改造政策，不是杀头政策。中国
革命胜利的实践证明，毛泽东的改造政策是对
的，王明的杀头政策是错误的。人民军队就是
要保护人民，这是光荣传统。

当刘振华汇报到部队进行政治思想教育，请朝鲜人
民军和当地人民群众控诉美帝侵略者用细菌武器屠杀人

同赴敌后

民的罪行时，彭总插话说：

这个做法好，强有力的政治思想工作，不仅是我军的生命线，也是我们战胜敌人的一大法宝。这个法宝对于一切反人民的军队来说是无法学到手的。现在不仅中朝人民是一家，而且全世界的劳动人民都是一家。朝鲜人民过去在日本帝国主义压迫下生活，现在又遭受美帝国主义这样残暴的侵略。他们屠杀朝鲜人民，轰炸朝鲜的城市村庄，现在居然用起细菌和毒瓦斯来了，这是丧失了人性。

说到这里，彭德怀愤怒地站起来，用左手抓住椅子背，右手按住桌沿，激动地说：

我们连飞机大炮都不怕，还会让这些蚊子苍蝇吓倒。

接着，彭德怀谈到抗美援朝的作战经验和 5 次战役胜利的原因，分析朝鲜停战谈判的前途和当前朝鲜的战局。他说：

目前，朝鲜战场上像过去那种大踏步进退的运动战的机会已日益减少，而以阵地战为主

的战争形式一天一天地明显。因此，我们要贯
彻持久作战、积极防御的方针，打好阵地战。

彭德怀越谈兴致越高，从军事斗争谈到政治斗争，从朝鲜战争谈到国内建设，不知不觉已过了夜半时分。

这时，彭德怀特意准备了一顿便饭，招待与会人员。

用完餐后，韩先楚告诉刘振华说：

振华同志，你在中朝联军游击支队的工作
干得很好。但是，根据战争形势的发展变化和
彭总的指示，第六次战役已决定不再进行了，
中朝联军游击支队去朝鲜南部开展游击战争的
任务也随之解除了。你回到支队后，把手头的
工作交接一下，准备到第一二〇师当师长去吧。

根据韩副司令的指示，刘振华回到支队把工作向丁政委和茹副支队长等人做了交接后，便告别中朝游击支队的战友们，奔赴新的战斗岗位。

在后来的 1953 年 7 月，美国当局已经清楚地看到，战争越拖下去，"联合国军"的阵地丢失得越多，战争早停一天，阵地就可少丢一点。

在朝中方面政治上强烈抗议、谴责和军事上严厉打击的双重压力下，一贯骄横的美国也不得不软了下来。美国向李承晚施加了压力，并向朝中方面做出关于遵守

同赴敌后

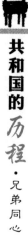

停战协定的保证。

7月27日，朝鲜战争停战协定正式签字，朝鲜战争结束。

同年9月，中朝联军司令部下达撤销中朝联军游击支队编制的命令，朝鲜人民军的两个中队归原属建制，志愿军的4个中队改编为志愿军总部独立团。

从此，中朝联军游击支队结束了它的历史使命。

四、 军民情深

● 毛泽东号召："要保证对前方的物资供应，就只有努力增加生产、厉行节约！"

● 共产党员王东山说："为了朝鲜人民的解放事业，我们可以献出自己的生命。"

● 女教师金真姬在学校门口写下的一条大标语："学习志愿军伟大的国际主义精神！"

增产节约支援前线

1951 年 10 月，中共中央在中南海怀仁堂召开政治局扩大会议。毛泽东在会上作了重要讲话。

毛泽东首先向各位委员通报了我中国人民志愿军自 1950 年 10 月 19 日开赴朝鲜战场后，抗击美国侵略者的情况。

毛泽东说：

美帝国主义并不可怕，经过一年的英勇战斗，我志愿军在朝鲜人民军的配合下，已经将不可一世的所谓"联合国军"从鸭绿江边驱逐到"三八线"南北附近地区，并迫使美军开始了停战谈判。

说到这里，毛泽东目光炯炯地扫视了大家一眼，接着说："虽然我们在朝鲜战场上取得了一定的胜利，但是我们也为此付出了沉重的代价。"

毛泽东说，由于一年来朝鲜战争的发展，全国军事人员已较 1950 年规定数增加了 50%，这在取得朝鲜战争的胜利和加速现代化兵种的组成上起到了很大作用。但在财政的供应和人力的消耗上，却成为很大的负担。就财政支出而言，1950 年的国防费是 28.01 亿元，1951 年的国防费用预计比上年要超出 40% 多，高出 20% 多的经济建设比重，以致我们现在的许多工作面临严重的危机。

毛泽东的话深深地感染了大家。

有一个委员说："只要按毛主席的指示办事，就没有克服不了的困难。"

毛泽东摆摆手说："我一个人的本领也是有限的，群众才是真正的英雄。"

毛泽东指出，在目前这种困难的情况下，全国人民要团结一心，进一步加强抗美援朝的力量，全力支援前线，支援中国人民志愿军。因为只有国家和平了，人民才能安下心来搞建设。

毛泽东见委员们频频点头，又语气坚定地说：

战争必须胜利，物价不许波动，生产仍需发展。

他还确定了解决财政困难的 5 条方法，其中第三条是"紧缩开支，清理资财，全面开展增产节约运动"，第四条则为"提倡节约，反对浪费"。

毛泽东最后在会上号召：

在保持国内物价稳定和不过分加重人民负担的条件下，要保证对前方的物资供应，就只有努力增加生产、厉行节约！

1950 年 11 月，陈云在第二次全国财政会议上作《抗美援朝开始后财经工作的方针》的报告，报告指出：

简单地说，就是把明年的财经工作方针放在抗美援朝战争的基础之上，与今年放在和平的恢复经济的基础上完全不同。表现在财政上就是要增加军费及与军事有关的支出，同时各种收入也必然要减少。

其实，早在 1950 年 11 月初，志愿军刚刚入朝不久，东北就在许多厂矿企业开展了爱国主义劳动竞赛。全国性的生产劳动竞赛和增产节约运动也随之展开。

1951 年 6 月 1 日，许多地区把爱国公约、劳动竞赛、增加生产结合起来，广大人民群众充分发挥生产的积极性和创造性，有力地推动了生产的发展。

在农村，广大农民开展爱国增产竞赛，努力提高产量，确保朝鲜前线的粮棉供应。

1951 年 3 月，山西太行山区西沟村著名劳动模范李顺达从北京开完政协会议，回到家乡，立即代表西沟村互助组向全国各地互助组发起了开展爱国增产竞赛运动的倡议。

倡议提出：为了确保朝鲜前线的粮棉供应，支援国家建设，努力提高粮食产量，西沟村互助组向全国各地互助组发起开展爱国增产竞赛运动。

他们在倡议中，率先提出了改革农业技术，使用新式农具和发展农副业的生产竞赛计划：

每亩生产粮食378斤，比上一年增长21斤。为了达到这个目标，在耕作上要做到耕三、耧三、肥三、锄三，并在全组半数的耕地上使用单把犁、解放式耘犁锄、喷雾器等新式农具。

同时，他们在倡议书中还增加了加强爱国主义教育、提高政治思想教育和调动农民生产积极性、创造性的新内容。

他们的这项倡议既响应了当年全国农业会议关于开展全国性爱国生产运动的号召，又十分符合当时全国农村土改后开展互助合作、恢复发展生产和支援抗美援朝战争的迫切需要。

为了推动这一运动的深入开展，满足全国各地响应倡议单位的需要，新华社派出长驻平顺县西沟村蹲点采访的记者马明，连续报道了《李顺达互助组介绍》、《李顺达互助组春耕播种记》、《李顺达互助组的主要领导经验》和《平顺县怎样推广李顺达互助组的先进经验》。《山西日报》发表了题为《李顺达是劳动模范，又是爱国模范》的社论。

军民情深

李顺达，1915 年出生于河南省林县东山底村一贫穷人家，15 岁就担着两卷铺盖、锅碗，随着母亲郭玉芝，携带弟妹，举家逃荒到太行山中的平顺县西沟村谋生。

西沟是太行山脊背上的一个小山村，四周都是山，石厚土薄，水贵如油，历来被称为是"金木水火土五行俱缺"的不毛之地。

1943 年 2 月，为了克服因日军"扫荡"和自然灾害带来的困难，李顺达响应党中央"组织起来，发展生产"的号召，联络了宋金山、路文全等 6 户农民，在全国较早地建立起农业劳动互助组。

李顺达成立的互助组采取了劳武结合，即田间劳动和对敌斗争相结合的办法，不仅发展了生产，渡过灾荒，而且使参军、参战和支援前线都不耽误。

当时，李顺达组织民兵参战队，先后参加了解放山西长治县和豫北汤阴县等 10 多次战斗，1944 年 10 月，在平顺县召开的劳动模范杀敌英雄会上，他被评为头等劳动模范和支前模范。

国内开展的各项建设，为抗美援朝提供了物质基础，为最终赢得战争的胜利提供了可靠保障。

慰问团慰问中朝官兵

1950年10月7日，美军大举越过"三八线"，向平壤推进。

与此同时，中国人民解放军东北边防军改编为中国人民志愿军，为进入朝鲜境内作战，积极开始临战准备，彭德怀被任命为中国人民志愿军司令员兼政委。

10月19日，中国人民志愿军第四十二军率先从辑安渡鸭绿江入朝作战。

10月26日，中国人民保卫世界和平反对美国侵略委员会成立。各行政区、省市先后成立分会或将原有的保卫世界和平委员会、反对美国侵略委员会合并改组为抗美援朝分会。

同年11月27日，全国政协与各民主党派举行联席会议，于12月1日发出《关于各民主党派、人民团体对慰劳中国人民志愿军和朝鲜人民军运动的协议的通知》。

1951年1月22日，反对美国侵略委员会发出通知：

为了慰问在朝鲜前线英勇作战反对美国侵略的中国人民志愿军和朝鲜人民军，我们现在决定组织中国人民慰问团前往朝鲜去慰问，其组织办法如下：

军民情深

1. 本会与首都各界及各地来京代表组成"中国人民慰问团总团"。各大行政区分会与各界组织慰问分团，每团人数以 50 人左右为宜。由各地和大分会邀请各人民团体和其他各方面代表共同筹备，并推派代表和若干工作人员组成之。每团设团长、副团长、秘书长，以统一领导。

慰问团除了对前线指战员进行慰问工作外，并将实际地搜集关于中国人民志愿军和朝鲜人民军英勇作战的事迹和美帝国主义野蛮残暴的罪行及其外强中干手忙脚乱的材料，回国后向各阶层人民作系统报导，以扩大抗美援朝的宣传工作，进一步提高全国人民反对美国侵略保卫世界和平的决心和胜利信心，扩大全国人民的爱国主义运动。

2. 各慰问分团请于 2 月 10 日到天津集中，以便与总团会合后一同赴朝。西北、西南如因路途遥远交通不便、时间短促来不及时，可自行斟酌少来一些代表和工作人员。

3. 各地分会所募集的并拟由慰问团携带的慰劳品、慰问信件、书报等，望尽可能于 2 月 10 号前运一部分到天津集中。所募集的捐款将由总会委托贸易公司统一购置慰劳品运去。

4. 望各大行政区分会，即邀请当地各团体及各有关方面进行筹备，并将筹备情况随时报告本会。

1951年4月，第一届中国人民慰问团正式组建完毕，这支宏大的赴朝慰问团团长是中共中央委员、宣传部副部长廖承志，副团长是陈沂和田汉。

该慰问团由8个分团575名各界代表和文艺工作者组成，还携带了全国千千万万人民所虔诚献赠的1093面锦旗、420余万元慰问金、2000余箱慰问品及1.5万多封充满深情的慰问信。

这些信件的内容极为动人和丰富。各界人民在信中写下了他们抗美援朝的决心和誓言，写下了他们对朝鲜前线军民的热爱、崇敬和支持。这些充满热情的信件，将极大地鼓舞中、朝人民军队和朝鲜人民。

为了鼓舞大家的士气，慰问团总团及直属分团在平壤期间，参加朝鲜人民军战斗英雄、工人、农民、妇女、青年、文艺界、教育界、医务界和工商界的座谈会。并分6个小组分赴平壤附近的工厂与农村，慰问战斗中的朝鲜人民。

在一个军团里，参加过抗联李红光支队的崔殷将军谈到中国时，沉思着说：

将来我一定要再到中国去一趟。

军民情深

慰问团的人员说："对了，等朝鲜胜利后，你可以到北京、青岛去休养休养。"

崔殷笑了笑说：

> 不，我想去延安看看。我在延安挖了不少窑洞，做梦也想去看看这块培养过我的土地。没有中国共产党的胜利，朝鲜战争的胜利也不可想象。

慰问团的人员笑着说："中国的胜利，你是不是也有功?"

慰问团将携带的祖国各地人民捐献的大批慰问信、慰劳品与慰劳金赠送给志愿军指战员，并传达了祖国人民对他们的崇高敬意与深切关怀。

随团的文艺工作者们不辞辛苦，在敌机经常扰乱的情况下，为指战员们作了多次精彩表演。

祖国人民代表亲切的慰问，给了志愿军指战员们莫大的鼓舞。他们以沸腾的热情像对自己的亲人一样地欢迎和接待祖国人民的代表，并赠送战利品给代表们作为纪念。他们纷纷给代表们写慰劳信和决心书，坚决表示要消灭更多的"联合国军"，争取更大的胜利。

慰问团所到之处，都响起"为世界人民立功！为朝鲜人民报仇！为祖国人民争光荣"、"不把美国侵略者赶出朝鲜决不回国"、"用更大的胜利回答祖国人民的慰问"

等战斗口号。

慰问团也以对志愿军同样的心情去慰问朝鲜人民军。在人民军各部欢迎慰问团的会场上，指挥员、战斗员们都兴奋得狂跳起来。他们高呼：

感谢中国人民对我们的援助！

在战斗中用血结成的朝中两国人民兄弟般的友谊万岁！

中国人民赴朝慰问团第一分团一行 71 人，在团长李敷仁率领下，深入志愿军各部队进行慰问。他们受到志愿军的热烈欢迎。

一分团有三分之一的代表年龄都超过 50 岁，曲艺服务大队队员、北京名艺人"快手刘"已经 68 岁。但他们仍和青壮年的代表们和团员们一样不辞辛劳，冒着敌机轰炸、扫射的危险，爬山越岭去进行慰问。

代表们在慰问大会上，详尽地报告祖国各民族、各阶层人民对志愿军的感激、敬爱和支援，向志愿军献旗，赠送各种珍贵的慰问品。

代表们每到一处，都热情地拥抱作战有功的功臣们。志愿军指挥员和战斗员们都以万分兴奋的心情，热烈欢迎慰问团。他们说：

看到了祖国人民的代表，就好像看到了祖

军民情深

国 4.75 亿人民。

被热烈拥抱的功臣和战士们激动地说：

　　代表们拥抱我，就像全国人民在拥抱我一样。

代表中白发苍苍的老人，更使他们感动。他们都亲切地称呼这些老人为"爷爷"、"叔叔"。慰问品中的一针一线，都被认为是祖国人民的心意。

有些战士把慰问的香烟珍惜地装在口袋里说：

　　留着它等将来立了功再慢慢地吸。

慰劳品中的毛主席纪念章，最受战士们欢迎，被认为是象征着最高荣誉的礼品。

代表们介绍祖国人民抗美援朝、支援前线情况的各种报告，大大地鼓舞了指挥员和战斗员们。曾经坚守汉江两岸 50 天、严重地打击了"联合国军"的志愿军某部的全体指挥员和战斗员，向慰问团庄严地宣誓：

　　今后要打更多的胜仗，歼灭更多的"联合国军"，缴获更多的武器，来答谢祖国人民！

从各种不同的战斗岗位上都喊出了同一个声音：

不消灭美国侵略军，誓不回国！

慰问团在前方随时随地都可以听到、看到志愿军指挥员和战斗员们在对残暴的"联合国军"作战中的许多英雄事迹。代表们热烈地拥抱坚守白云山 11 昼夜、大量杀伤了"联合国军"的英雄李盖文。

这位英雄当时在完成任务后向上级报告时，曾昏倒在地，而现在则精神焕发地向代表们宣誓："向祖国人民保证，决心彻底消灭美国侵略军！"

某江防部队的某班战士向代表们报告该班前班长、共产党员王世荣壮烈牺牲的事迹。王世荣在紧张抢修被"联合国军"飞机炸毁的桥梁时，被冰块撞伤掉在江中。他从水里冒出头来对战士们喊道："你们赶快去完成任务，不要救我……"

话还未完，又一块巨大的冰块冲来，王世荣光荣地牺牲了。在"为王班长复仇"的口号下，5 天的任务 3 天完成，江桥又修复了。

代表们也会见了那位为了保卫胜利果实、坚决去朝鲜参加战勤工作，把 45 岁说成 35 岁的翻身农民胡万发；也看到了克服各种困难，积极供应前线的汽车司机们。

慰问团团员一致表示：

军民情深

回国以后，一定要更深入地进行抗美援朝爱国宣传，号召全国人民以更大力量支援前线，争取最后胜利早日到来。

在 4 月 6 日到 29 日的 24 天中，慰问团向志愿军作战部队及后勤部队等 18 个单位和 9 处前线阵地进行了慰问，共举行慰问大会 21 次和座谈会 24 次，放映电影 21 次，曲艺队演出 32 场，文工队演出 17 场。

慰问团真诚的慰问与演出，极大鼓舞了志愿军和朝鲜人民军的斗志。

各界踊跃捐款捐物

1951 年 5 月 30 日，中国人民赴朝慰问团团长廖承志召开记者招待会，接见新华社记者，答复新华社记者所提出的问题。

一位记者问廖承志："慰问团今后的工作计划怎样？"廖承志思考片刻后回答说：

按照抗美援朝总会交付给我们的任务，赴朝慰问仅是完成了第一项任务。第二项任务是要将中朝军民在前方英勇艰苦斗争的光辉事迹、抗美战争的必胜信念以及志愿军战士们对祖国人民的关怀和期望，传达给全国人民，进一步加强和深入全国人民的抗美援朝运动。

本团全体团员即将分头出发到全国 2050 个县去进行广泛的宣传，号召全国人民再接再厉，全力支援朝鲜前线，争取最后胜利早日到来。

当有人问廖承志在朝鲜前线英勇作战的中国人民志愿军有些什么需要时，廖承志回答说：

据我们了解，前方最需要的东西大致如下：

101

1. 需要有更多的飞机、坦克、大炮、高射炮、反坦克炮和汽车、大车等。那样就可以更有力地打击敌人，提早取得战争的最后胜利。

2. 需要大量的具有丰富营养的食品，猪肉松、牛肉干、肝类、猪油罐头、各种压缩干粮等。我们的志愿军在击退敌人时很需要这种便于携带的食品。

3. 需要急救包、各种特效药品、各种防疫苗、各种维他命丸、鱼肝油精等。

4. 需要收音机、通俗的书报杂志、画报、留声机、唱片等。

廖承志接着说，本团代表中的工人同志们正在考虑进一步推动全国工人的爱国主义劳动竞赛，增加生产，来满足前线的需要。上海和天津的工商界及全国各地的工商界代表们也在准备大力呼吁捐献飞机和汽车的运动。其他各方面的代表，也都将向全国各阶层各界人民提出具体号召。

廖承志最后坚定地说：

我们相信：全国人民一定会热烈地参加这个支援前线的运动。

廖承志通过自己的亲身经历和见闻，把朝鲜战场上的真实情况带回了祖国，更加鼓舞了祖国人民加紧建设，积极支援前线。

6月2日，北京市工商界在欢迎赴朝慰问团归国大会上，通过以捐献飞机、大炮、坦克等来积极支援前线的议案。

大会在当天下午举行，参加这次会议的有北京市工商界各行业代表1200多人，由慰问团代表陈巳生、童润之、武和轩出席并作报告。

上海工商界代表陈巳生代表报告此行的观感。陈巳生说：

> 中朝两国只鸭绿江一江之隔，江的一方面被敌人炮火涂炭，另一方面是过着自由幸福的日子，假使不是志愿军到朝鲜英勇抗敌，我们大家就不会在这里安心地听报告了。

最后，陈巳生号召工商界向前方捐献飞机、大炮，普遍地深入地检查爱国公约的履行情况，以空前的实际行动，发挥工商界的爱国热情。

当时，首都工人、职员听取了中国人民赴朝慰问团代表的报告，看到中国人民抗美援朝总会关于推行爱国公约、捐献飞机大炮和优待烈属军属的号召以后，纷纷以实际行动响应这一伟大的号召。

石景山发电厂工人看到报纸上登载的中国人民抗美

军民情深

援朝总会的号召后，兴奋地提出：以"我们多流一滴汗，志愿军少流一滴血"的精神，争取超额完成生产任务。并决定了具体奋斗目标是以生产超额收入，购买"首都发电厂号"飞机，捐献给志愿军。

同时，各职工小组都准备于最近展开普遍性地修订爱国公约运动，使其内容和当前的捐献运动以及自己的生产任务更紧密地结合起来。

各车间、各小组纷纷补充和修改爱国公约，订出保证增加生产的具体计划。如热风炉小组就补充了响应抗美援朝总会的一切号召和贯彻向马恒昌小组应战的条件。捐献方面，有的决定每人每月捐一定数量的小米，一直到朝鲜战争结束时为止。

天津市各界人民热烈响应中国人民抗美援朝总会关于推行爱国公约，捐献飞机、大炮和优待烈属军属的号召。

天津市民主妇女联合会主任罗云号召全市妇女要增加生产，节约捐献，更好地帮助烈属军属解决困难，认真执行爱国公约。

全市人民纷纷以实际行动响应抗美援朝总会的号召，自来水公司职工决定进一步开展爱国主义竞赛，争取超额完成生产任务。

该公司河水厂王春德模范小组自动提出修正原来的定额，如修理锅炉原定为 30 个工，现改为 27 个工。

联营内衣制造厂职工决定本星期日义务加班一日，

104

将收入全部捐献。天津被服厂第三缝纫部模范第二生产小组从报纸上看到抗美援朝总会的号召后，当天每人日产量提高了11%，退活率由4%降低到2%。

码头工会第三分会工人当天即捐出1300多万元。许多工厂工人自动要求将每月薪金捐出一部分，一直捐献到抗美援朝胜利为止。

许多机关干部、市民也自动展开捐献运动。智擒特务的7个小英雄胡承志等，号召全市儿童节约糖果钱购买飞机、大炮。炮台庄派出所并保证做好军属工作，使军属的子弟入学，解决军属的职业及生活问题。

中国兵工工会全国委员会号召全国兵工职工，继续深入开展爱国主义劳动竞赛，普遍检查和订立爱国公约，开展爱国增加生产、增加收入的运动，以新增加收入的一部分或全部捐献购买飞机、大炮、坦克等武器。

这些捐献，成为了志愿军抗击"联合国军"的坚实后盾，直接推动了胜利的最终到来。

军民情深

"中朝军民一家人"

1950 年 6 月 25 日，朝鲜战争爆发，27 日美国总统杜鲁门公然宣布美国军队入侵朝鲜。

9 月 15 日，美国纠集 15 个国家的军队，打着"联合国军"的旗号，在朝鲜仁川登陆，并把战火引向中国边境，轰炸中国安东等地。

10 月 8 日，以毛泽东为首的中共中央作出抗美援朝、保家卫国的战略决策。

19 日，志愿军开赴朝鲜前线和朝鲜人民军并肩作战。

薛仲先当时是在五○六一部队支队卫生队担任护士，1951 年秋季到达朝鲜战场，直至朝鲜战争结束。在朝鲜战场近两年的时间里，志愿军与朝鲜人民朝夕相处，休戚与共，结下了深厚的友谊。

当时，支队临时驻扎在朝鲜开城南部的一个叫秋川里的村子里，房东是一户李姓的村民。由于一家人中国话说得十分流利，沟通起来方便了许多。

户主名叫李正浩，是一个地道的朝鲜农民，勤劳朴实，待人热诚，以至于和志愿军在以后的日子里处得像亲兄弟一样。

李正浩的妻子名叫赵君子，是一个很贤惠的朝鲜妇女，言语不多却很能干。每天一大早，大家就能看见她头顶着瓦罐子去村外打水，每次志愿军要帮她打水，都被她拒绝。

后来，大家才知道顶水是当地的一项风俗习惯。

李正浩夫妇对志愿军照顾得很周到，帮他们干这干那，闲时还向志愿军介绍当地的风土人情、轶人趣事。

薛仲先后来回忆说：

> 从李正浩夫妇身上，我们看到了朝鲜人民对待志愿军的无比热爱和对胜利的祈盼，也看到了他们誓把美军从朝鲜半岛赶出去的信心和决心。

在后来的日子里，志愿军和当地的朝鲜村民相处得越来越近，亲如一家，也使这些身在异国的志愿军战士深深体会到了家的感觉。

因为薛仲先所在的部队是志愿军卫生队，负责从前线下来的伤员的运送、保护和治疗，具备医疗的技术、器械和药品等。因此，在秋川里村民们有生病的，他们都积极主动地帮助治疗，分文不收。

有一次，赵君子突然患了面部神经麻痹，右侧嘴歪得很厉害，吃饭、喝水都很困难。饭粒、水渍漏得满身都是。

负责卫生队工作的尚大伟主任指示一名姓刘的医生必须尽快把赵君子的面部神经麻痹治好，帮助驻地群众是志愿军应尽的责任和义务。

经 4 天针刺、热敷、调节等治疗，赵君子基本痊愈，饮食也恢复了正常。这可把李正浩一家感动坏了，又是给志愿军送钱，又是请他们吃饭，但志愿军一分钱也没收、一口饭也没吃。

朝鲜打糕和辣白菜是朝鲜最具特色的美味佳肴。打糕是用米粉、麦粉或豆粉等制成的块状食品，工序虽然复杂，但打出来的糕松、软、暄、甜，是朝鲜民族传统风味食品，每逢节日，各家各户都要打出很多糕。

辣白菜是用辣椒和白菜加上苹果、梨等很多佐料，经发酵制成的一种特色咸菜，色泽鲜美，味道酸辣甜，是朝鲜群众每餐必用的一道风味佳肴。

打糕再加上朝鲜咸菜，让人回味无穷。农历八月十五日，村民们知道中国人很注重过团圆节，为使志愿军这些身在异国他乡的小伙子们不想家，晚上村里特意安排志愿军和秋川里村民一起过中秋节，共同欢度中国传统节日。

晚上吃的打糕由李正浩家准备。当晚，10 多个志愿军战士和当地朝鲜村民同坐一桌，共进晚餐。村民为志愿军准备了香甜的打糕和纯正的朝鲜辣白菜，大家围着火堆举酒同欢，村民们还欢快地跳起了朝鲜舞。

当晚，大家吃得很饱，玩得很尽兴，很晚了才意犹未尽地回去休息。

中秋节过后，志愿军支队即将迁往别处。临行前，战士们心里觉得愧对李正浩一家，大伙商量后决定凑点钱来补偿李正浩家的打糕成本。

尚大伟主任第一个同意，自己先拿20元，因为他是大尉，津贴高；刘医生拿10元，他是中尉；申医助拿5元，他是少尉；其余8个是士兵，每人拿2元，一共凑了51元钱。

当大家把钱送到李正浩家并说明来意时，李正浩生气地说："给我送钱是看不起我，我不是卖打糕的，都给我拿回去。"

就这样，战士们不得不把51元钱拿回来。后来大家又决定为李正浩一家送块大匾留作纪念，便请来工匠特意刻了一块大匾在上面写着"中朝军民一家人"7个大字，然后又把51元钱偷偷塞进匾的后面。

在临别的前天晚上，乡亲们为大家送行，在李正浩家大院点燃明灯、火把，李家老少以及邻居乡亲也都赶来。

朝鲜老乡跳起道拉基舞，他们都舍不得志愿军走，村民们都流下眼泪，战士也都紧紧握住老乡们的手，与他们一一话别。

薛仲先回忆说：

　　那种激动人心的场面令人依依不舍，不少战士都哭了。

军民情深

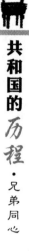

当时，李正浩回家取志愿军赠送的匾时，发现了匾后藏的 51 元钱。他二话没说，抱着匾跑回晚会现场，当众将钱交给志愿军，并向村民说明了这钱的原因。

村民们看到匾上"中朝军民一家人"时，都亲切地拥上来抱住志愿军，亲吻起来，并高呼着："志愿军叨米（同志）乔思米达（真好）。"

后来，薛仲先回忆起当时温馨的情景，感慨地说：

我现在年纪已过七旬，每当想起这些往事，心情仍然很激动，特此记录下来，以怀念当年与我并肩战斗在朝鲜战场上的战友和曾经给我帮助的朝鲜老乡们！

"中朝军民一家人"，在朝鲜战场上，这样感人的故事还有很多很多。

"最难忘的国际友情"

1952 年 8 月，在朝鲜大同江的支流大岑河和松石河上，矗立起 4 个石坝。它们像一堵坚厚的城墙横在河的当中，驱使奔流的河水驯服地去灌溉 700 亩的土地。

在一个月以前，这里只有几根枯朽了的树桩。原有的旧坝早被敌机炸塌。前一年夏季山洪暴涨时，坝全部被冲垮了。

4 月，插秧的季节快到了，可是没有水灌溉，这些土地就要全部变成旱地。据当地政府估计：这些土地的年产量是 14.45 万公斤；如果改种旱田，年产量只有 3.35 万公斤，当地人民今年就要损失 11.1 万公斤粮食。但是要把坝修好，至少需 5000 个工时。

即使动员 4 个里所有的劳动力突击整修，最快也要 20 天才能完成。农民正忙着春耕，一修坝，哪有人春耕呢？这是一个巨大的困难，农民们都焦虑着："今年种不上水田了！"

驻在当地的志愿军某部指战员们，深切了解到当地人民的困难。春荒时，他们节省下 5000 多公斤口粮救济了当地人民。

虽然部队任务繁重，他们还抽出时间帮助农民春耕，并且决定要帮助他们把水坝修起来，好让朝鲜人民年年

军民情深

多打粮食。

他们每天抽出 4 小时进行突击劳动，星期日是全部时间。

工程在 4 月 7 日开始，现场上锹镐飞舞，战士们跑到一公里地以外，攀着树枝爬上陡峭的山崖，把石头凿下来。五六个人一起抬着每块几百斤的大石头，双肩压得红肿。

在解冻不久的冰水里，他们脱下棉衣跳下去修砌坝基。同一期间，他们又填平了旧有沟渠上密布的弹坑，挖掘出 20 公里长的新沟渠。

这是一场艰苦的劳动，战士们像进行激烈战斗似的热情工作着。愉快的歌声响彻山谷河畔，鼓动口号声此起彼伏。

第一个跳下冰水去工作的共产党员王东山说：

> 为了朝鲜人民的解放事业，我们可以献出自己的生命；为了朝鲜人民过上好日子，我们再苦也没有什么关系！

当地政府知道部队任务很紧，怕他们过分劳累，告诉他们坝只要三米宽、一米高就可以了。可是志愿军指战员给朝鲜人民作长远打算，他们用几万块石头，在半个月间修成了五米宽、三米高像钢铁一样坚固的石坝。

在志愿军修坝的时候，朝鲜农民喜气洋洋，劳动热情更加高涨。他们热烈响应金日成将军的号召，保证深

耕细作、多施肥料，争取比去年多打 24 万公斤粮、多交
3.1 万公斤公粮，以支援人民军和志愿军。

水坝工程竣工的当天，当地军民举行盛大的庆祝会。
老年人和战士们紧紧地握手。

妇女们穿起节日的盛装，热情愉快地跳着舞。他们
以隆重的礼节，把一面写有"最难忘的国际友情"字样
的锦旗献给志愿军。

74 岁的老农民朱礼章拉住一个志愿军战士的手，用
激动得发抖的声音说：

> 美李匪帮杀死了我们的人，抢走了我们的
> 东西，炸坏了我们的坝。志愿军赶走敌人又修
> 起坝。我要告诉我们的子子孙孙，当他们将来
> 过着幸福生活的时候，要永远记住我们真挚的
> 朋友，伟大的中国人民和他们的志愿军。

志愿军修坝的消息，很快传到朝鲜人民的最高领导
机关，朝鲜中央内务署协奏团、朝鲜中央文学艺术总同
盟、朝鲜文化协会，都先后赶来作慰问演出。

朝鲜国家计划委员会副委员长、平安南道领导机关
的代表等也亲来慰问，并赠给志愿军某部一面精工细绣
的锦旗，旗上写着：

中朝军民大团结万岁！

军爱民民拥军

1951 年 11 月，志愿军某部通讯连在临津江前线的一个山村驻扎。

11 月 28 日，正轮到电话员成治清值班，他忽听一阵刺耳的啸声，对方一排炮弹飞过来，在附近爆炸了，接着又听见有人叫喊。

成治清急忙跑出去查看，靠山坡处的村人民委员会的防空洞被打塌了。里边还住有几个地方工作人员。这可把成治清急坏了。他冒着不断爆炸的炮弹，动手就扒。第一个被扒出来的是女教师金真姬，虽然她呼吸还没断，但已不省人事了。

成治清不顾冬天的寒冷，立刻把自己的棉衣脱下来，盖在金真姬的身上。这时，指导员杨乃堂和尚伯华都赶来，大家一起又扒。

救活的第二个人是副委员长朴厚道，另外又扒出 3 个人。连续 3 个小时，大家才把人都扒出来。又急忙把他们背到自己的防空洞里，用大衣、毯子包起来，给他们灌热汤，大家忙了一夜没睡觉。等天一亮，就把他们送到卫生队去医治。

几个月后，女教师金真姬和其余几个人健康地回到村里来了。他们感激志愿军救了他们的命，并亲自带着礼物到通讯连来道谢。

村里的老乡们都被这件事情感动了，常常念着女教师金真姬在学校门口写下的一条大标语：

学习志愿军伟大的国际主义精神！

1952年3月16日上午，美国飞机又来轰炸这个村庄，一颗炸弹落在军属韩桂花的房子旁边，把房子震塌了。正在河边洗衣服的韩桂花看见了，立刻想到正在屋里做饭的志愿军和自己的小妹妹，她急忙丢下衣服往家里跑。

烟雾里，韩桂花看见两个志愿军战士倒在地上，火苗还不断地伸向他们。

"啊！"她惊愕地叫了一声，抢救女教师金真姬的成治清的影子鲜明地出现在她脑海里面。

她立刻不顾一切地跑上去，先背起志愿军战士张同科就往防空洞里跑，回来又把震昏了的另一个同志背进防空洞。她第三次又返回房子里时，在锅台的石头下边找到了年幼的妹妹，但妹妹已被弹片炸伤，又被锅台上的石头压住，因抢救不及时，已断了呼吸。

韩桂花沉痛地抱起已死的妹妹，望着空中的强盗，她愤怒的脸上没有一滴眼泪。

7月，正是朝鲜的雨季，临津江的大水涨过了江岸，眼看两岸村庄老乡的房子就要被淹没了。驻地的志愿军

军民情深

115

战士们冒着大雨，跃入水中去抢救。

当时，生病躺在家里的九班长侯振华，看见外面的水越来越大，妇女、孩子在喊叫，他决心也要去抢救，可是刚一下炕，身子晃了几晃，四肢无力，他又坐下了。

正好这时指导员在外面山上对抢救的人喊："努力游呀！同志们！我们决不能让朝鲜人民的生命财产受到损失，这是我们的责任啊！"

侯振华听见指导员的喊声，再也忍不住了，他想：我有多大气力就使多大气力，反正我要去！一定要去！他忽地一下站了起来，向水边跑去。

许多志愿军战士都在水里来回游动着，有的扛着粮食，有的背着小孩，气氛非常紧张。侯振华趁大家不注意，很快地跳进水里，直向一所房子游去，那里有一个妇女和一个八九岁的孩子在水里焦急地呼喊！

侯振华游到妇女那里，用手比画着，让他们赶快和他一起过去，那妇女看见侯振华气喘吁吁的样子，就先让侯振华把孩子抱过去，回来再救她。

时间不容过多地考虑，侯振华抱起孩子就往回游。

岸上的人员正在忙着搬东西，突然看见水里又慢慢地游过来两个人。近了，大家才看出是侯振华和那个孩子。大家都惊呼起来："九班长！你怎么也来了？"

侯振华和孩子都上了岸，大家凑过来，指导员望着侯振华瘦弱的身体，心里很感动，劝他回去休息。他急促地说："那边——还有一个人！"

说着，他扭头就又跳进水里，急流拖着侯振华的身体，飞快向那边流去。浪花互相冲击的响声，充满了他的耳鼓，他没有听见指导员的喊声。

侯振华费了很大的力气才游到那所将要被淹没的房子附近，这时，那位妇女已经被水逼到房顶上了。

妇女看见侯振华又来救她，感动得直掉泪。她望着上了岸的孩子，岸上的志愿军同志都在向着她招手，就急忙和侯振华往岸上游来。可是侯振华这次逆水再向岸上游来时，身上已经觉得没有力气了，但他想到这位妇女的生命完全在他身上，强烈的国际主义精神支撑着他，他尽最大的努力慢慢地向岸边游去。

岸上的战士看见侯振华来了，都在向他招手。正在这个时候，突然一个浪头打来，两个人影不见了。大家的心里立刻紧张起来。指导员急促地说："周惠英！快去！"

周惠英和几个战士急忙跳下去寻找。可是找了半天，还是没有找到他们俩。

大家都急得像热锅上的蚂蚁，有的人悲哀地说，恐怕没有希望了，但大家都不愿意这样想。

实际上，大水把侯振华和这位妇女冲到一个山坡上，他们都爬起来了。因为侯振华本来就有病，又经水一泡，雨一淋，病又重了。

这位妇女就把这位同生共死的侯振华同志背到一位老乡家里，那家老大娘听说这位志愿军是为救老乡而被冲来的，心里很感动。老大娘和这位妇女日夜周到地守护着他。

几天以后，侯振华的病渐渐好转，那位妇女怕队里担心，就决定赶快把侯振华送回部队。

当天，连里一些战士和老乡们又到河边去观望，忽然看见那边有两位妇女架着一个志愿军过来了，大家都很奇怪。走近一看，"啊！九班长回来了!"而架着九班长的正是前几天被救的那个妇女和一位老大娘。

志愿军战士和村里的人一时都欢喜得掉下眼泪。大家都说："要不是这位大嫂，我们九班长也许回不来了!我们真感激你们!"

朝鲜的村民们说："要不是志愿军，我们全村的人还不早被大水冲走了! 你们真是我们的救命恩人哪!"

在后来的 1954 年，中国人民志愿军总部发言人宣布，从 9 月 16 日起到 10 月 3 日止，中国人民志愿军 7 个师已经全部撤出朝鲜返回祖国。

撤回祖国的中国人民志愿军 7 个师部队曾受到朝鲜人民的热烈欢送。日夜赶往新义州车站欢送的朝鲜人民有 48 万多人，他们送给志愿军返国部队 1.7 万多件礼品、5 万多封感谢信、5.5 万多束鲜花。

志愿军离开了朝鲜，但中朝人民的友谊却越来越深厚，经过战争的洗礼，两个国家兄弟般的情谊更加让两国人民珍惜。

参考资料

《抗美援朝的故事》贺宜等著 启明书局

《朝迹夕觅——抗美援朝战场日记》李刚著 解放军
　文艺出版社

《中国人民志愿军征战纪实》王树增著 解放军文艺
　出版社

《王平回忆录》王平著 解放军出版社

《抗美援朝纪实：朝鲜战争备忘录》胡海波著 黄河
　出版社

《血与火的较量：抗美援朝纪实》栾克超著 华艺出
　版社

《烽火岁月：抗美援朝回忆录》吴俊泉主编 长征出
　版社

《伟大的抗美援朝运动》中国人民抗美援朝总会宣传
　部 人民出版社

《开国第一战：抗美援朝战争全景纪实》双石著 中
　共党史出版社

《我们见证真相：抗美援朝战争亲历者如是说》杨凤
　安 孟照辉 王天成主编 解放军出版社